I glashus

En liten minnesbok

Förlag: BoD – Books on Demand, Stockholm, Sverige
Tryck: BoD – Books on Demand, Norderstedt, Tyskland
ISBN: 978-91-7851-853-1

Åh, min vackra och smarta Mamma!

Det är nu femton år sen mamma dog. Numera tänker jag inte så ofta på att ringa henne och berätta ett eller annat. Men det händer. Och saknar henne, det gör jag. Med henne kunde man prata om vad som helst. Hon följde med allt som hände och blev mera sällan chockad.

Mamma hade lätt för att uttrycka sig och ett fantastiskt minne. Hon var den man alltid kunde fråga om vad som helst. Min Farfar kom av och till och frågade om hon kom ihåg den ena eller andra händelsen som hade inträffat innan hon ens var född. Och eftersom hon kom

ihåg det mesta hon hade hört berättas, hände det oftast att hon kunde hjälpa honom på den fronten.

Hon skrev ned en hel del, bl.a. en del barndomsminnen jag började fundera på att ge ut i någon form ganska snart efter hennes död. Och nu börjar det bli bråttom eftersom jag är gammal själv.

De värsta historierna går vidare som muntlig tradition. Jag vill inte ta med dem. De handlar om människor som har barn och barnbarn o.s.v. De må få behålla sina bilder av släktingarna.

Och om mina egna barn inte har lyssnat eller haft lust att lägga våra berättelser på minnet – ja, då går de i graven med mig.

Om de nu inte kryper fram i alla fall.

I något annat sammanhang.

Förr i världen hade man inte lika många leksaker och framför allt hade man inte en massa filmer och spel att pyssla med. De spel som fanns var sällskapsspel som hela familjen sysselsatte sig med ibland på söndagseftermiddagarna. Afrikas stjärna och Yatzy t.ex. Och Mamma var en vinnarskalle. Hon ville väldigt gärna vinna och blev lite sur om det inte lyckades. Om det nu var så. Hon kanske låtsades för att det skulle bli mer spännande.

På den tiden satt man gärna och lyssnade på de vuxnas prat, på allt man kunde snappa upp. Försökte göra sig osynlig eller låtsades vara väldigt upptagen av en bok eller lek. Annars skickades man ut och fick inte veta mer den gången. Detta var ju långt före såpornas tid.

Någon av Mammas väninnor var rentav så uppmärksam att hon gjorde ett talande ögonkast åt mitt håll redan innan hon satte igång och så åkte jag genast ut. Samma väninna hade också för vana att ersätta sina svordomar med trebokstäver, fembokstäver eller sjubokstäver då barn var i närheten. Det var ju lite roligt att sitta och räkna ut vad hon egentligen ville ha sagt.

En del historier hörde man så ofta att man kan dem mer eller mindre utantill fortfarande. Andra hörde man hastigt, i förbifarten, de vuxna kanske tystnade då man kom in. "Tog till annat prat" som det hette. Man fick bara en aning om att något särskilt skumt hade hänt. Mellan vissa personer

"Om somliga sku veta va somliga säger att somliga ha sagt, sku somliga bli rysligt arga på somliga."

Fick man höra emellanåt.

Så inte nu.

Visst lyssnar barnen nu också, men de har så mycket annat att se och höra. Dessutom är det så många av oss som bor så att man har en helt annan historia tillsammans med de vänner man umgås med numera. Man kan inte sitta och gemensamt minnas olika original från barndomen.

Och barnen, de har TV och filmer. De har spel och datorer. De får andra referensramar. De har sitt förr i världen från Astrid Lindgrens böcker.

De filmer man tittade på under en viss tid. Det binder samman förr och nu på ett annat sätt.

Inget är hopträngt i en liten by.

Men kanske kommer också den generationen en dag att fråga sig hur det var med deras egna familjer och släktingar. Varifrån de kom och vart de gick.

Just vår familj har ju Anders Saga att ta till; boken min far skrev om sitt liv. Men jag måste ändå låta Saga själv komma till tals. Med sin röst.

Några kommentarer har jag lagt till själv.

Spännande är att då jag går genom byn en sommardag nuförtiden, möter jag mest mänskor jag inte känner överhuvudtaget. Folk är på väg till Farmors Café. Som de har besökt tidigare eller hört talas om eller läst om i en eller annan tidning.

Jag blir glatt överraskad då jag möter någon jag känner ens ytligt.

Kommer jag cyklande tittar de vandrande cafégästerna intresserat på mig, är jag månne en bybo, helt äkta, eftersom jag har en cykel och inget bagage. För det kanske bor en del mänskor här på ön?!

På riktigt!

Vintertid är det annorlunda. Då är det mest bara bekanta ansikten jag möter. Om jag möter någon alls.

Men, samtidigt, har jag med mig alla jag minns eller har hört talas om.

De befolkar byn just på gränsen till en annan dimension. Och är helt omöjliga att bortse från.

Tiden mellan feodal och digital är inte så lång.

Och den digitala världen är ung. Så ung att man har svårt att tänka sig att det just nu är några decennier sen ettorna och nollorna tog över.

Naturligtvis fanns det en övergångstid, långsam och otymplig.

Själv gick jag en programmerarkurs i mitten av 70 – talet. Mina barns kompisar tyckte det var helt fascinerande. Att jag hade jobbat med hålkort.

Det tyckte jag också. Jag hade jobbat en del med hålkort redan då och insåg att detta var ett område som skulle utvecklas fort.

Alltså, programmerarkurs.

Det var en kille i 30-årsåldern som höll i kursen och han var riktigt dryg. Han riktade sig hela tiden till de manliga deltagarna. Och talade i nedlåtande ton om "flickorna" som skötte de mindre kvalificerade uppgifterna.

Då vi kom till sluttentan fick vi 12 frågor. 10 av dem skulle besvaras för att få 10 poäng som var full pott.

Jag frågade, kanske litet respektlöst, vad man fick för de övriga två frågorna och han lovade ett plus för ett extra rätt. Och två plus för båda då, undrade jag. Han gapskrattade. Jo, det skulle jag minsann få, 10++ om jag hade alla 12 rätt.

Det hade jag. Så jag hade 10++ i dataprogrammering på 70-talet. Ungefär vid samma tid som Steve Jobs började sina datorexperiment. Med betydligt större framgång än jag, tyvärr.

Och 15 år tidigare hade jag åkt häst och släde över isen in till Dalsbruk för att handla.

Saga berättar:

Barndomsjular jag

minns

Jag skall försöka berätta om hur jag upplevde julen som barn.

Redan vid Lilla jul började man känna av julstämningen. I skolan fick vi dansa ringdanser första timmen och om det då var någorlunda torrt ute kunde jag få ta skor på fötterna. Då var det roligare att dansa än klädd i stövlar eller kängor.

En gång jag särskilt kommer ihåg från en Lilla jul var att på kammarbordet fanns en vacker ask full med fina karameller, som hade vackra papper och i ett enfärgat litet paket fanns ett litet hjärta. Det var av slipat glas, grönt och gnistrande. Någon ked att hänga det i hade jag inte, men det var lätt avhjälpt med ett snöre.

Jag var så lycklig och glad över mitt lilla smycke och karamellerna nändes jag knappt smaka på, dom skulle vara till julgranen.

Fram till julfesten var det alla kvällar övning av lekar och teaterstycken och det var roligt. Inte fick man springa ute om kvällarna annars.

Då julen närmade sig fick jag alltid en ny klänning som Ragnhild sydde.

Och nya skor!

Jag minns första julfesten i småskolan. Då hade jag en röd klänning och lackskor. Skorna fick jag redan på hösten och de var så fina så jag helst hade gått med dem hela tiden. Men meningen var att de skulle sparas till julfesten. En eftermiddag, då jag kom hem från skolan, beslöt jag i alla fall att jag skulle gå över till Sunnanlands bastu där Anni, som var min klasskamrat, och hennes syskon bodde. Jag tog på de nya skorna utan lov och kryssade till Sunnanland mellan vattenpottarna. Mycket bannor fick jag då jag kom hem, skorna var fulla med lera och såg allt annat än nya ut. Till all lycka gick det i alla fall bra att torka bort leran. Värre var att Anni och jag hade suttit och pipat håret med strumpstickor som vi värmde i en ljuslåga. Håret var bränt och småkrulligt, men lockigt var det.

Men för att återgå till julförberedelserna och övningarna - jag fick spela prinsessa första året i skolan! Söderströms Kurre var kung och Nystu Putte var prins. Vi fick också lära oss många lekar till julfesterna.

Själva julfesten tyckte jag var mycket rolig.

Festen var alltid på kvällen och även föräldrar och syskon samt andra intresserade samlades i småskolans sal, för den var större än storskolans.

Först sjöng eleverna julsånger.

En kör stod uppställd framför publiken, det var vanligtvis storskolans elever som sjöng. Vi hade gemensam julfest och det var fint.

Efter sången blev det deklamation. Hemskt ofta var det jag som råkade ut för det. Jag försökte läsa så snabbt och dåligt som möjligt för att slippa göra om det följande år, men det ville inte hjälpa. Jag stod där, blyg och röd som en mogen tomat i ansiktet. Det var det värsta med julfesterna. Småningom kom man ju så långt i programmet att vi fick börja leka lekarna vi hade lärt oss. Då var det bara roligt. Sådana lekar som Simon i Sälle, Bonden och kråkan, Nu resa vi till Stockholms stad kommer jag särskilt ihåg eftersom det tog så lång tid både att öva in dem och att framföra dem.

Då vi hade lekt alla inövade lekar blev det paus. Då fick man saft och bulle och godispåse. Det kom ofta en riktig julgubbe som delade ut godispåsarna, en jultidning fick vi också. De barn som inte gick i skolan fick också godispåse.

Efter det fick småskolbarnen visa sitt teaterstycke och därpå visade storskolan sitt. Som socker på botten fick vi dansa ringlekar. Man väntade alltid på att bli uppbjuden av någon pojke, och då helst någon av de stora. Allra sist kom de riktigt stora pojkarna och flickorna, som redan hade slutat skolan, och dansade med oss. De stora pojkarna slängde och dansade så hårt att man nästan var rädd för dem samtidigt som det var spännande.

Då julfesten var förbi blev väntan på Julafton nästan övermäktig. Allt blev så rysligt hemlighetsfullt. Småbröd och pepparkakor bakades och man fick smaka. Likaså bakade mamma mycket bullar och åt oss barn gjorde hon varsin julgubbe med russinögon och knappar. En sak jag alltid fick göra, var att gå till skogen efter ugnskvast att sopa glöden ur ugnen med. Ganska liten var jag då jag fick börja putsa mässing. Kopparkärlen putsade mamma själv, men morteln, dörrhandtagen, sotluckorna på köksspisen och gardinhållarna fick jag putsa.

Ved skulle bäras in och på Julaftonsdagen skulle man se till att det fanns ved inne så man inte behövde gå ut efter mer på juldagen. Då jag blev lite större fick jag börja putsa lampor och lampglas och det var jobbigt. Men på Julafton skulle det vara ljust i alla fönster, också i farstun brann en lampa, vilket inte annars var sed. Den stora julstädningen, som man uppfattade den som barn, kom igång bara några dagar före jul. Men då hade mamma förstås städat alla skåp och lådor redan tidigare. Men sen skulle alla fönster tvättas, rena gardiner skulle sättas upp för alla fönster. Golven skurades och mattor lades på. Juldukar och julljus togs fram. På Julaftonsdagen togs julgranen in och jag fick klä den, med bistånd av Rurik och Börje då de blev så stora att de ville hjälpa till.

Jag minns en jul då jag stod på en stol och hängde upp vackra glasprydnader på kvistarna. Då hade jag ner lådan med resten av prydnaderna och då jag steg ner från stolen

steg jag mitt i lådan och allt gick i kras förstås. Jag grät
så och tyckte att jag aldrig skulle bli glad mer, men tiden
läker som bekant alla sår. Det fick bli mycket flaggor och
vadd på kvistarna det året.

Jag kommer ihåg ett år då jag fick ytterkängor av gummi
till julklapp och röda tofflor med tofsar, en vacker
ljusgrön jumper och ett fint nattlinne. Andra småsaker
fick jag nog också, men ytterkängorna och tofflorna tog
jag med i sängen, ingen skulle få ta dom ifrån mig. Vem
som var julgubbe funderade jag inte alls på. Jag hade ju
fått veta att det inte fanns någon riktig julgubbe, men nog
trodde jag att det säkert fanns en i alla fall. Jag hade ju
fått så fina saker som inte alls fanns på Högsåra och som
jag inte ens hade kunnat önska då jag aldrig hade sett
något sådant.

Vad jag har glömt att berätta om var för mig ganska
oviktigt då, nämligen julmaten. Vi hade skinka på
julbordet och den traditionella julgäddan med sås och
potatis och risgrynsgröt som efterrätt. En sak jag minns,
är att vi hade en stor ostbit på bordet. Den fick man äta så
mycket man ville av, och jag åt.

Det var annars inte mycket av julmaten som smakade och inte blev det bättre sen då mamma, som tyckte om lutfisk, började koka både gädda och lutfisk.

Inte tyckte jag om den heller som barn.

Senare på kvällen fick vi äta av julbullen och pepparkakorna, men då var man så mätt av all choklad och alla russin man hade fått äta, att man inte orkade mer. Vi hade alltid julbastu före middagen så man blev trött av all spänning och orkade inte vara uppe så länge man skulle ha fått vara.

På Juldagen fick man inte gå utanför planket., då skulle man bli svedd någonstans, om det nu var i örat eller näsan. Jag var så nyfiken på vad Västergårds Margareta hade fått av julgubben och själv skulle jag så gärna ha visat mina saker, men vi fick stå i varsitt grindhål och ropa till varandra vad vi hade fått.

Juldagen var nog näst efter långfredagen den längsta dagen på hela året. Man fick bara sitta inne. Jultidningar och böcker läste jag i ett huj och så var det bara att rita och teckna så länge man orkade. På Juldagen skulle man också sitta stilla och lyssna till vad som stod i Postillan för Juldagen. Senare, då vi fick radio kunde man höra julottesändningen och det var inte alls lika påfrestande som att lyssna till Postillan som man inte ens förstod.

På Julannandagen blev vi alltid bjudna på kalas, ibland till flera ställen. Först kunde vi vara till ett ställe på dagen och sen igen på kvällen någon annanstans. Men alltid hann jag smyga mig till Margareta och se hennes julklappar och visa mina däremellan.

Jul, jul, strålande jul!

Saga fick nog julen att stråla i hela sitt liv. Runt hela julfirandet står som ett skimmer då jag tänker tillbaka på barndomen. Saga stickade nästan oavbrutet då julen närmade sig. Det gjorde hon naturligtvis också annars, men nu var det bråttom.

Det hände inte så sällan att hon både läste och stickade samtidigt. Hon tyckte mycket om att läsa. Då jag en gång, långt senare, tömde "Mommos" då Börje sålde det, var ett stort vindsförråd nästan proppfullt av böcker. En del var pojkarnas och så en del romaner. Och det mesta var Sagas. Själv blev jag också intresserad av läsning redan tidigt. Jag lärde mig läsa Hufvudstadsbladet i fyraårsåldern och läsning var snart det bästa jag visste.

Mina önskelistor inför julen skrattades åt ganska mycket. Jag började med

En rolig bok

Fina skor

En rolig bok

Något gott

En rolig bok

Dockor

Och en rolig bok

I skolan fick men låna en bok i veckan.

I storskolan alltså. I småskolan fick man inte låna alls Dessutom gick lånandet till så att Gunnar Berlin, som var vår lärare då, delade ut böckerna och man fick ganska godtyckligt någon ur hyllan. Jag tror inte han lade ner värst mycket energi på att fundera ut vilken bok man kunde tänkas önska sig. Eller också gjorde han det utan att vi märkte det? Vi hade en otrolig respekt för honom och fattade inte alls hur vänlig och godhjärtad han egentligen var.

Sagor från Alhambra var en storfavorit och så fanns det böcker om Vilda Västern och kanadensiska pälsjägare och så en del romaner.

Men det var viktigt att vara självförsörjande beträffande böckerna.

Annars prenumererade Mamma på tidningar. Allers Familjejournal och Året Runt. Och oftast både Hufvudstadsbladet och Åbo Underrättelser.

När julen närmade sig var det spännande!

Man frågade och frågade vad det var mamma stickade och hon hittade på än det ena, än det andra. Ibland kunde man nog på julafton känna igen någon stickning hon hade gjort under helt annat namn. Hon pysslade också ständigt, men det såg man inget av, det skedde mest efter att vi gått och lagt oss. Jag har kvar en sagobok hon hade gjort till mig då jag var riktigt liten. Det var ju ont om pengar, så man kan nästan säga att hon trollade fram den ena saken vackrare än den andra.

Så bakades det: pepparkakor, kolakakor, finska pinnar, syltpannkakor och en massa annat. Pepparkakor fick vi vara med och baka men pepparkaksdeg fick man inte äta för mycket av, då skulle man få ont i magen. Det lyckades jag aldrig få.

Syltpannkakorna var tunna, ljusa småbröd som lades ihop två och två med äppelsylt emellan. Bröd och bullar och jul - limpor bakade hon också och det var tur att både farstun och tamburen var ganska så kalla vintertid. Detta var ju före frysboxarnas tid och delvis före kylskåpet.

Jag minns så väl då det första kylskåpet flyttade in. Vilket år kan jag naturligtvis inte säga, men det var en stor händelse.

Andra bekvämligheter fanns inte heller. Det skulle eldas, vattnet bäras in och ut och tvätten var alltid ett bekymmer. Kanske sköljning och torkning snarare än själva tvättandet.

Och inte gjorde husmödrarna det lätt för sig på den tiden. Alla sängkläder piskades på gården varje vecka.

Men så kändes det också helt fantastiskt att krypa ned i nypiskade bolster...

Man sjönk ner och det var både varmt och svalt samtidigt. Vintermorgnar kommer jag samtidigt att tänka på. Det skulle eldas i kakelugnen och det tog ju en bra stund innan den började ge värme. Iskalla golv steg man upp på och fick nog på strumporna fortare än kvickt.

Som det städades inför julen! Alla skåp tvättades inuti och fick nya hyllpapper, kärl som inte användes så ofta diskades, tak och väggar tvättades för att inte alls tala om

golven. Rena mattor och gardiner överallt. Och Mamma
var nog vanligen mer eller mindre utmattad då Julen
äntligen kom.

Jag hade själv ganska svårt att ta mig ur de nedärvda
städvanorna då jag småningom fick mitt eget hushåll.
Men jag har nog lyckats, kanske rentav över förväntan.

Matlagningen var ett kapitel för sig.

Det eldades i vedspisen för alla långkok och lådor.
Gasspisen var mer för snabba uppkok. Med vedspisen
fick man ju värme som en biprodukt. Det skulle vara alla
olika lådor: kålrots-, potatis - och morotslåda. Leverlåda
hörde inte alls till julmaten. Vi var riktigt förvånade då vi
hörde att man på finskt håll åt leverlåda som julmat.

Skinka, aladåb, olika syltor. Och som sagt. Någon frys
fanns inte så lagandet hopade sig då julafton närmade sig.

Lutfisken låg i blöt i ett kar i farstun och i något skede
smög sig köttbullarna in.

Och naturligtvis sillsallad. I min barndom gjordes den
med sill, rödbetor, morötter, potatis och lök hemma hos

oss. Jag satt och petade ut sillbitarna och småningom började vi ha sillen skilt för sig.

Och det tyckte jag om!

På finska heter det Rosolli och vi har börjat kalla det för Rosoll eftersom det lät litet konstigt att tala om "sillsallad utan sill". Och min lillebror skulle ju ha sin korvskiva och sin lilla kokta potatis.

Han var aldrig direkt någon storätare och julmat var inget han gillade alls.

Morfar Axel dog ju då jag var helt liten, faktiskt 22/12 så den Julen glömde nog ingen.

Det betydde i alla fall att Mommo i allmänhet firade jul hos oss.

Det var också Mommo som gick med Bengt och mig till Isaksons för att handla julklappar. Man hade kanske sparat litet veckopengar och så fick man "julklappspengar". En i taget fick gå ut och vänta på den isiga trappan medan det handlades julklappar till den personen. Det var ganska kallt inne i butiken också, så

Gunhild hade alltid en roströd mössa på och en "stickatröja" under förklädet. Gunhild var denhär sortens tant som grabbade tag i ens kind eller körde in ett pekfinger i magen på en och gjorde lustiga små ljud. Man var nog lite rädd för henne, hon hade en väldig makt. Kunde bjuda på karameller eller låta bli. Gunhild hade dessutom varit skolkamrat till Mommo och hon skall ha skrivit i en uppsats att "Betty och Beda sopade trappan men jag gick in och lagade elden". Spännande var då man lyckades snappa upp att hon hade en kavaljer, som hon "höll till" med.

Det tog sin tid att välja ut vad man skulle köpa, mest för att urvalet var rätt så klent. Kapitalet också för den delen. Ofta blev det väl en tvål eller en rolig ljusfigur eller något i den vägen. Fast ljusfigurerna kunde man liksom aldrig tända. Det var så otäckt att se en av Snövits dvärgar med bara ett halvt ansikte. Exempelvis.

Svårast var det nog att hitta på något åt Bengt. Det fick bli något gott, men det var ganska dyrt så man fick verkligen tänka sig för hur man placerade sina pengar.

Detta, att vi både gjorde julklappar och handlade, hade ingen inverkan på spänningen inför Julgubbens ankomst.

Jag hade tappat tron på Julgubben ganska tidigt. Erik på Gamlas hade "gubbat" hos oss och vädret var vått och slaskigt. Senare på kvällen gick vi till Gamlas för att önska God Jul, det gjorde vi för det mesta. Och där hänger Julgubbens mask på tork ovanför spisen!

Och Julgubbens stövlar står innanför dörren. Men det hindrade oss inte från att vara litet rädda för Julgubben och spekulera i vem som hade varit Julgubbe och hur Julgubben egentligen fick tag i alla klapparna.

En jul kom i alla fall en Julgubbe som sysselsatte vår fantasi ganska länge. Jag minns att det var en "bar" snölös jul och vi hörde ett väldigt bankande utifrån, men ingalunda från ytterdörren utan nerifrån källaren. Mommo skickade ut mig för att se vad som stod på, kanske Bengt också följde med, det minns jag inte, upplevelsen tog liksom andan ur en.

Där stod en liten böjd figur, smutsig, avigvänd päls, muttrande och vresig och med en aldrig skådad mössa på huvudet. Han skulle prompt in genom dörren till pannrummet (som inte var pannrum ännu på den tiden), jag fick försiktigt leda honom rätt och han pratade inte, muttrade bara något osammanhängande. Tog mig hårt i armen också och ville att jag skulle leda honom då han halkade ganska ofta. En säck med klappar hade han i alla fall och bråttom hade han så han bara slängde säcken från sig i farstun. Vi var både chockade och förvånade. Hade man trott på Julgubben så hade nog detta varit närmast en vätte från de djupaste skogarna. Och aldrig lyckades vi lista ut vem det var. En gissning var t.o.m. Hjalmar.

Då skattade Mamma ut oss och undrade varför i Herrans namn Hjalmar skulle komma och gubba hos oss. Nej, den identiteten förblev en hemlighet tills mina egna barn var små och det blev tal om det på något vis då vi planerade firandet. Då visade det sig att det var Mamma som hade beslutat sig för att ge oss något att bita i. Det var alltså hon som var den mystiska Julgubben över alla Julgubbar.

Mina jular med mina egna barn har väl varit ganska olika sinsemellan. Många gånger firade vi på Högsåra där alla drogs in i Sagas Julmagi. Jularna hemma hos oss saknade "gubbe", eftersom han vanligen skickade någon tomte, som slängde en säck på trappan och sprang iväg!

Traditionen med ny klänning till Julfesten fortsatte också då jag var liten.

Jag var inte helt av samma mening som Mamma angående kläder och skor.

Hon bemödade sig verkligen om att vi skulle ha snygga kläder, hela och rena, och hon stickade invecklade mönster på tröjor och vantar.

Vad det gällde klänningarna till de olika avslutningarna hade jag inte mycket att säga till om. Ett vackert tyg inköptes och sen sydde Ragnhild en klänning.

I storlek one size. Ett år fick jag en ljusblå klänning av tunn sammet. Åh vad jag inte kunde med den färgen. Och sen var det den klänningen som gällde på alla julkalas...

Följande år fick jag en röd och det var bättre, men det finns många olika nyanser röd och just jul - röd har aldrig varit min favorit.

Evakueringen från Högsåra 1939.

Hela hösten 1939 var flottan stationerad i Högsåravattnen. Mest av allt kommer jag ihåg deras basturesor till byn.

Alla som hade bastu blev nästan tvingade att låta flottisterna elda och bada bastu. Och det var annat det än man hade varit van vid i dom här trakterna. De eldade bastun så varm att man fick vara rädd att det skulle sluta med eldsvåda. När detta fortsatte vecka efter vecka så förstår man att det inte blev så roligt för bastuägarna. Inte betalades det många penni som ersättning heller, för ved och slitage. Men tiderna var oroliga och nog förstod man att det inte kunde vara så rysligt muntert för dom som skulle ligga här på fjärden i långa tider. Därför klagade ingen. Men sen var det någon officer som hittade på att det skulle vara gott med en kopp kaffe efter bastun.

Nåja, det kan man förstå, men nog har jag som vuxen många gånger tänkt att jag då inte i min mors ställe skulle ha låtit dom ta sig såna friheter. Det kunde vara sådär tio stycken som satt till sena kvällen och rökte och drack kaffe. Köket var som en dimma och kammaren likaså.

Det var så trivsamt att sitta sådär i hemmiljö att dom inte alls tänkte på att ge sig iväg. Och inte blev hon rik på kalaset heller. Hon tog betalt för kaffet hon hade i pannan och tyckte det var bra så.

Det värsta för mitt vidkommande var att jag inte fick gå till sängs förrän dom farit. Mor ville inte vara ensam med en massa främmande karlar. Och nog hade det väl sina risker även om jag inte förstod det då, jag var ju bara tolv år och på den tiden var man inte lika upplyst och klok som nutidens tolvåringar.

Alltnog, en kväll var det en av herrarna som lämnade sig litet efter de andra och började bli närgången och skulle halsa och pussa mamma, men hon blev så himla arg och började skrika och slå så att han fann för gott att ge sig iväg. Men följande dag sade non nej till kaffekokning och därvid blev det. Det var nog en som kunde svenska ganska bra, som kom och bad om ursäkt, men något vidare kaffe efter bastun blev det inte.

En annan sak som vi tyckte var litet underlig var, att dom sprang nakna runtomkring backarna. Det hade inte varit vanligt här.

Många kutade iväg till stranden för att simma mellan verserna. Jag kommer ihåg en gång då mamma och jag hade varit till stranden för att skölja byke så mötte vi en hel skock nakna karlar som hade varit och tagit sig ett dopp. Vi visste inte åt vilket håll vi skulle se, men de bara skrattade och sade att det var härligt att bada bastu och simma däremellan. Men mamma var riktigt arg och tyckte att dom bar sig illa åt.

En annan gång blev det riktigt illa mellan mamma och bastubadarna.

Det var så, att vi hade köpt kålrötter som stod ute i bastulidret i en säck för att källaren var så varm att det inte gick att ha dem där. Då var det någon av de pojkar som eldade bastu, som var sinnade att göra illa och hittade på att tälja sönder kålrötterna i små bitar.

Ett annat schack stal ett alldeles nytt, emaljerat tvättfat. Mamma sade till en, som kunde svenska, hur det förhöll sig. Det blev aldrig klart vart eller till vem fatet hade tagit vägen, det kom badare från så många båtar. Ett annat fat fick hon i alla fall, men det var ett gammalt buckligt bleckfat.

Nu verkar det nästan som om det bara skulle ha varit tråkigheter med flottans gäng, men så var det inte.

Nog var det för det mesta hyggligt folk, men tiden blev lång och kriget ute i världen var i full gång. Säkert var det nervöst att vistas så lång tid på en såhär ödslig plats, helt utan möjligheter till något slag av förströelser. Och det kan nu inte undvikas då så många tvingas vara sammanfösta under en lång tid, att det blir så att man måste hitta på något. Som att skära sönder kålrötter t. ex.

Ja, det här blev inte precis historien om evakueringen från Högsåra hösten 1939, men det bara blev såhär. Att skriva om det som hände före evakueringen. Nästa episod kanske blir det jag från början tänkte skriva om.

Harriet:

Mommos kök var så trivsamt. Skåpen och stolarna var ljusgrå och hon hade så många fina burkar stående på hyllor. Så fanns det en avloppssil och en cistern man kunde värma vatten i. Alltså, vattnet blev varmt då man eldade i spisen, man behövde bara fylla på mera kallt vatten.

Mommo hade ingen diskbänk, utan hon diskade i plåtfat på spisen. På det sättet höll ju vattnet sig varmt också.

Då jag var liten hände det sig att jag sov där med Mommo. Då sov hon i sängen, hetekan, och bredvid ställde hon två stolar från matsalsmöblemanget. De var nog hopbundna på något sätt. Där sov jag. Det var så trevligt att ligga och titta på taket som hade så många fina kvistar. Man kunde se en massa sagor uppe i taket. Det här måste ha varit innan Bengt föddes, efter det sov jag nog aldrig mer där. Utom en gång då Mommos bror Einar var där med sin familj och alla de vuxna gick till Sunnanland på dans. Då fick vi barn sova i syskonbädd på golvet och det var också väldigt roligt. Litet kallt minns jag att det blev mot morgonsidan, jag hade kanske rullat av madrassen?

Mommo hade långt, svart hår som jag alltid försökte dra ut och tvinna in fingrarna i. Det var inte så lätt, hon sov med håret i "knoka" och löste upp det och kammade det på morgonen. Då ville jag gärna göra frisyr åt henne, men det fick jag inte så ofta.

Ja, det var senare. Jag höll också på och tvinnade in fingrarna i mitt eget hår, en gång fick de klippa loss dem. Ja håret och inte fingrarna men i alla fall.

Mommo berättade ofta att hon hade haft flätor tjocka som armen då hon gick i skolan. Låter präktigt även om hon kanske hade ganska magra armar. En gång skulle

Mamma klippa mitt hår. Då klippte hon med en klippmaskin, som tuggade själva nacken också. Det var inte roligt! Då jag gnällde menade hon att man inte har känsla i håret, men då hon såg att det tyvärr hade gått hål på nackskinnet blev hon allt förskräckt. Där hade man dessutom i allmänhet känsel.

Mommo sov oftast hos oss, åtminstone vintertid då söderkammaren hade blivit föräldrasovrum. Det var väldigt praktiskt, hon behövde inte elda så mycket för att värma sitt eget hus och hon hade heller ingen telefon hemma om det skulle hända något. Så det passade bra på många sätt. Pappa Anders var väldigt mycket borta, dessutom. Både Bengt och jag tyckte det var väldigt bra att hon sov hos oss.

Men hon hade en lek som irriterade oss rejält. "Den är bäst som orkar vara tyst längst" kunde hon säga. Och jag visste ju att det bara var för att vi skulle vara tysta och somna, men då jag påpekade det sade hon bara att "jaha, du var sämst". Men först kunde man ligga och småprata en stund i mörkret och det var väldigt roligt för Mommo blev aldrig sur på oss eller så. Den enda gången jag kan minnas att hon fräste åt mig var då vi var på väg hem till oss med mjölken och jag i pur sympati började halta litet, precis som hon. Mommo hade ju haft "barnförlamning" och drog efter det alltid ena benet litet efter sig.

Det är konstigt i dag att tänka sig att jag själv är äldre nu än de "gummor" som befolkade min barndom. Min Mommo var ju dessutom väldigt ung, bara litet över 40 år då jag föddes.

Hon och de andra, som var någorlunda i hennes ålder, gick nästan alltid med en duk knuten i nacken. En snygg bomullsklänning och ett rent och snyggt förkläde skulle man ha då man gick genom byn. Långbyxor skulle aldrig ha kommit på fråga, det var något enbart sommargästerna hade. Och kommentarerna om de sommargäster som inte hade riktigt välsittande byxor var inte nådiga då byborna träffades. Jämlikt nog gällde det både herrar och damer.

Hemma hos Mommo fick man kaffe med socker och mjölk. I det fick man doppa sin bullskiva och det fanns väl inget annat så himmelskt gott. Hon hade också franska pastiller i en liten skål och så hade hon ofta Julia – karameller. De var fyllda med marmelad och mycket goda. Till jul hade hon dessutom konjakskarameller. Somliga smakade vidrigt starkt, men andra var goda.

Mommo hade alltid Julkalas på Annandagen. Då minns jag speciellt att Storöras var bjudna och vi barn fick leka och rumstera i fred så mycket vi ville.

En gång höll det på att gå illa. Vi lekte kurragömma och Bengt hade fått hjälp med att gömma sig i en kista. Han blev inte hittad och höll på att kvävas därinne. Men det gick bra i alla fall.

Till kalasen bakade Mommo alltid väldigt goda bullar och Mamma var ibland litet sur för att hon aldrig bakade lika goda hemma hos oss. "Nog blir dom slut för det", menade Mommo och det hade hon ju rätt i förstås.

Mommo bakade också alltid jästbröd hos oss och det hade den lilla egenheten att den sista kanten oftast fick en liten grön fläck på sig innan brödet var slut. Det skulle man vara glad över, man fick bra sångröst om man åt mögligt bröd. Sade Mommo som hade visdomar om det mesta. Hon hade säkert ätit mycket mögligt bröd, för hon hade en bra röst.

Till skillnad från mig och Mamma. Vi kunde inte sjunga, tyckte Eine, men tillsammans med henne kunde vi ändå sitta och sjunga och det blev ganska bra. Då det var hon som tog ton.

Evakueringen

Den 30 november 1939, någon gång mellan elva och halv tolv kom flygplan här över och kastade bomber. Antagligen var det flottans båtar som skulle beskjutas, men nog var det byn som fick en hel del bombnedslag.

Båtarna sköt med luftvärnskanoner och det var ett rysligt liv här. Fönsterrutorna skakade och en del gick sönder. Jag var hemma på middagskvart och en officer från någon av båtarna var där för att betala något, antagligen basturäkning. Han satt med Börje i famnen på farstugolvet och grät. Han hade själv en liten pojke hemma och undrade om han någonsin mer skulle få se honom. Ja, det kan man undra hur det gick.

I alla fall gick jag tillbaka till skolan och fick höra att det hade brutit ut krig mellan Finland och Ryssland. Jag minns inte om vi var hela dagen till slut i skolan, men jag skulle nog tro det. Då jag kom hem från skolan fick vi order av Thure Liljeqvist och Hjalmar Söderström att vi skulle evakueras redan samma kväll. Bara lotsarna och Adèle Berglund, som skulle se till djuren, fick bli kvar. Djuren evakuerades för all del också, men det gick ju inte i en handvändning att få bort dem alla.

Det var ett elände, ingen visste vad man skulle ta med och vad som skulle lämnas åt sitt öde. Hos oss var det ju dubbelt så svårt. Mamma hade haft polio och hade fortfarande sviter efter det och dessutom två små barn.

Rurik var fyra år och Börje bara två. Jag skulle försöka vara till nytta. Oj, så man var barnslig och dum. Allt silver - skedar, knivar, gafflar o.dyl. – skulle med men varma kläder blev det sämre ställt med. Och så skulle namnet skrivas på alla möbler och värdefullare lösöre skulle packas och förses med namnlappar ifall det inte skulle bli att komma hem mer.

Hur skulle man i en hast få det gjort då man inte ens visste vart man skulle ta vägen. Vi hade i alla fall fått lov att följa med i Örnells båt, men dom var många själva och hade mycket saker så inte fick vi just något med. Mamma hade svårt att gå själv och så skulle hon bära Börje och jag skulle hålla reda på Rurik. Det var mörkt också och inte skulle man få använda sig av lyse heller. Litet kläder och som sagt silversakerna hade vi med på vår färd. Karl Grönroos förde oss sen i en öppen motorbåt som var fullastad och inte annars heller gjorde så god fart. Kalle hittade inte till Puronpää dit vi skulle i första hand, men det gick, det med. Fram kom vi och det blev månljust sen, vill jag minnas. Vi fick övernatta i Västergårds och Örnells i Östergårds lillstuga. Följande dag for vi med hästskjuts till Ölmos, till Romans där min morfar Gustav Roman bodde. Hans första fru, min mormor, dog i barnsäng då min morbror Einar föddes. Han var omgift och hans nya fru såg inte precis med blida ögon att vi kom dit, men hon täcktes inte säga nej heller. Men nog fick vi veta att vi levde alltid.

Jag hade det ändå ganska bra. Dom hade en pojke, Odin, som var ungefär i min ålder och vi hade mycket roligt medan vi var där. Det blev dryga tre månader innan vi fick fara tillbaka. Den 13 mars blev det fred och den 14 for vi hem. Ingen hade sagt till oss att vi skulle få komma, men vi for ändå. I Ölmos fanns en gubbe, Blomqvist, som hade häst och han kom och körde oss hem hela den långa vägen över isen.

Det var en mycket kall dag, kallt hade det förresten varit hela vintern, men vi satt nedbäddade i hö och hade ett hästtäcke över oss och inte minns jag att vi frös heller. Så roligt tyckte vi att det var att få fara hem. Då vi kom till rännan hade det gått en båt igenom där natten före och vi var nog litet rädda att det inte skulle hålla, men det höll! Hem kom vi och mamma började elda i alla spisar och kakelugnar och i bakugnen eldade hon också. Och vi tyckte det var så fint och rent även om det var före jul vi for bort och det minsann inte var städat då. I köket fick vi så pass varmt att vi kunde sova där i syskonbädd. Nog var vi glada och tackade Gud för att vi hade fått komma tillbaka.

H:

Det talas inte mycket om de här evakueringarna. Ibland känns det nästan som om det inte spelade så stor roll, det var ju finlandssvenska skäribor det var frågan om. Av samma sort som skickades till Karelska näset. Och, givetvis, det blev med facit i hand en ganska kort evakuering. Ändå visste man ju inget om det just då det hände. Vad de visste kunde det bli för alltid.

Det är mycket mörkt en novemberkväll. Det är i dag inte lätt att föreställa sig hur mörkt det kan bli.

Möjligen vid ett strömavbrott kan man uppleva den typen av mörker. Men eftersom det inte är krig försöker ju alla lysa upp sina hem med vad de har av stearinljus och lyktor. Bilar kör omkring och de lyser ju upp omgivningen här och där. Men på den tiden var det riktigt mörkt.

Antingen mörkt och vått eller mörkt och halt.

Eller båda delarna. Man har ingen aning om var man sätter fötterna.

Senare skulle en av Eines bröder dödas av blixten under ett telefonsamtal. Det var nog Odin, som Saga hade så roligt med då de bodde hos Romans. Karl stupade i kriget och Thure var den enda av halvbröderna som klarade sig.

Så skall man klättra ned i båten i mörkret. Däcket är halt och allt känns kallt och fuktigt. Kissnödig skall man inte

bli. Bara sitta och åka och ta det som det kom. Var det
månsken gick det ju bra. Månen speglade sig i vattnet.
Stjärnor glimmade.

Fullt, fullt av stjärnor i mörkret.

Men var det mulet, regn kanske. Allt svart, både uppe
och nere. Då är det inte lätt att gå eller att styra en båt.

Nu har det redan länge funnits vägbelysning på Högsåra.
Och fortfarande lyser det i många fönster då mörkret
sänker sig.

De var inga välkomna gäster precis. Men eftersom det
var krig var alla tvungna att ta emot och vara glada över
att de själva fick stanna hemma.

Anna, Mommos styvmor, lär ha hoppats det en dag skulle
bli så tyst att man kunde höra klockan ticka på väggen.
Det blev det.

Hon blev ensam och levde väldigt länge.

Hörde nog klockan ticka tillräckligt.

Ellen Mattssons

pensionat

Sommaren 1942 var jag anställd som springflicka på
Ellen Mattssons pensionat. Men det var för all del bara
till namnet, jag fick nog lov att göra lika mycket som de
andra flickorna, d.v.s. Gracy och Enbergs Saga.

Lönen var inte så värst stor, men man var ju glad över att
få förtjäna någon mark till fickpengar.

Det hörde till att skölja och skala potatis, diska och torka
disken, rensa fisk i massor.

Ibland skulle fisken fjällas också. Så skulle mjölken
hämtas från olika gårdar på kvällarna. Sent blev det ofta,
för korna var på bete på olika holmar sommartid och

flickorna som skulle mjölka dem kunde få leta i timtal ibland. Och vi pensionatpigor fick snällt vänta tills mjölken kommit, om det så skulle ha tagit halva natten. Det skulle läggas fil av en del och resten skulle ner i källaren för att hållas kall.

Det var nu inte så farligt, men då dom kom med fisk från Kasnäs sent på kvällarna och den skulle rensas och föras till iskällaren för att hålla sig fin, då var man inte glad. Allraminst om det ryktades att det skulle bli dans på Paviljongen samma kväll.

Men det var bara att gno på så mycket man orkade och händerna höll, så man kvickt blev färdig.

En gång skulle det bli dans och vi visste att det skulle komma pojkar bortifrån, hade vi brått och slarvade kanske litet med fjällandet. Just den kvällen måste det nämligen komma abborrar – av allt. Alltnog, vi hade bråttom för att hinna med på dans och följande dag var tant Ellen arg som ett bi för att abborrarna var dåligt fjällade. Vi muttrade emot och stod på oss och var arga vi också. Följande gång det kom abborrar fjällade tant Ellen dem själv. Vi var förstås litet "nologa" eftersom vi ändå inte hade trott att hon skulle bli så arg att hon gjorde det själv.

Så skulle det vankas stuvad abborre som var en sällsynthet den tiden, det var ont om fett och vitt mjöl som behövdes till det. Det var ju massor som gick åt, folk var inte rädda för att bli feta på den tiden, dom åt som om dom aldrig hade sett mat förr. Gracy serverade, och efter ett tag kom hon in med en tallrik som en gäst hade skickat in för att det var fjäll på fiskbiten. Dom trodde så klart därinne i salen att flickorna hade slarvat och skulle ge dom en uppsträckning på det sättet. Men Ellens min var obetalbar. Först trodde hon inte ens att det var sant. Hon frågade Gracy vem det var som hade skickat tallriken och då hon sade det och därtill hälsningarna att fisken var dåligt fjällad, blev Ellen så arg att hon gick hem till sig.

Så kan det också gå ibland. Men såhär efteråt förstår man nog att hon blev trött på oss ibland, vi satt och fnittrade och skrattade hela tiden.

En dag, då vi hade en liten stund ledigt mitt på dagen, låg Gracy och Saga på varsin bänk i köket och jag hade varit till Isakssons butik och köpt ett par träskor som jag just höll på och provade när "Raadan" som vi helt respektlöst kallade henne – hon skulle tituleras Presidentskan Raade - nåja, hon kom in och vi började skratta förstås. Hon for iväg som en ilsken geting och surrade och burrade och gick till Ellen och skvallrade. Hon hade sagt att två låg och sov och den tredje lappade ett par gamla skor. Där fick jag för mina nyinköpta skor.

En annan gång hade Söderströms Elsa varit där och gräddat bullar. Då vi hade bakat och eldat stora ugnen gick det ju bra att grädda nästan vad som helst sen. Allt var gräddat och vi satt i köket och drack eftermiddagskaffe då Gracy bakom ryggen på tanterna plockade bullar och satte innanför byxbenen. Det var alltså underbyxor det var frågan om, men med byxben ner på halva låret och gummiband i kanten. Saga och jag satt så vi såg det, men det gjorde inte Elsa eller Ellen. Gracy gick ännu ett varv runt bordet så att vi riktigt skulle frusta ut i skratt, vilket vi för all del också gjorde.

Enbergs Saga kunde aldrig hålla sig och då den ena började måste den andra med. Men Gracy kunde hålla sig och gick med allvarsam min ut, vi skulle till stranden och rensa flundror sen. Men hon hittade nog på allt möjligt tokigt som ingen av oss andra skulle ha kommit på.

Vi skulle upp till Ellen och städa en dag, Gracy och jag, men då vi kom dit sa hon bara att vi inte ids städa, vi lägger oss på sängarna och vilar i stället.

Toket gjorde som Vilder bad och där låg vi och pratade och skrattade ett par timmar, men sen städade vi ett rum i alla fall. Jag fick senare veta att vi skulle ha städat varsitt rum och Gracy hade städat sitt, men jag hade inte idas göra någonting.

Den sommaren, 1942, fick jag för mig att eftersom jag var "stor" och jobbade på pensionatet skulle jag också gå med dom stora flickorna på dans på kvällen. Jag talade om det där hemma men det blev blankt nej där. Inte innan jag hade gått i skriftskolan åtminstone och sen ännu därpå följande sommar borde jag låta bli att gå på dans.

Men sen var det nu så, att en kväll då vi väntade på någons mjölk som inte hade kommit, så gick jag på dans till Paviljongen med de andra flickorna. Inte kunde jag dansa heller, men de andra flickorna lärde mig. Då var det minsann så att det inte fanns kavaljerer åt alla, så det var riktigt vanligt att flickor dansade med varandra. Senare på kvällen kom i alla fall rosalapojkar dit. Jag kände dem inte så vidare, några hade jag träffat då Stina och jag var på kokkurs i Rosala sommaren innan. Då hade jag t.o.m. haft fast med Spaks Åke och det betydde att han fick komma och följa mig till Nissa där vi bodde. Det var mycket oskyldigt men rysligt spännande förstås. Stina hade Söders Holger att följa sig och vi hade inte alls lov att vara ute på dans, så vi hade lämnat fönstret på glänt då vi smög oss ut. Men Nissa lärarinnan hade varit klok nog att gå och se efter om vi säkert var inne, och då hon märkte att vi inte hade lytt henne så stängde hon resolut både fönster och dörr. Där stod vi som två tok och visste inte vad vi skulle ta oss till. Inte vågade vi gå och väcka henne heller. Men så kom vi på att skolkökslärarinnan sov i kammaren bredvid vår och så knackade vi på hos henne. Hon kom och öppnade och släppte in oss. Oturligt nog gick jag in först och i mörkret skuffade jag till en piedestal med en urna på. Urnan föll och gick i tusen bitar. Gissa om jag var rädd –sov gjorde jag åtminstone inte på hela natten. Och inte var lärarinnan glad, det kan jag försäkra. Först hade vi gått ut utan lov och sen hade jag söndrat urnan som hon hade fått av någon god vän och som inte gick att ersätta.

Nåja, det här var menat som en parentes, men det blev längre än jag hade tänkt mig.

Jag skulle ju berätta om dansen på paviljongen.

Jo, alla var nu så i tagen för kavaljererna, men jag var livrädd för att bli uppbjuden då jag inte kunde dansa. Nog fick jag dansa alltid, men jag glömmer aldrig då Söders Holger kom och bjöd upp mej. Han var räknad som litet "hävare" dansör än många andra och han gick med sidenskjorta och armbandsklocka, det var annars nästan bara sommargäster som hade sådana då. Det var för all del en schottis och det kunde jag, men då dom vände på skivan kom det en polka och det hade jag aldrig dansat. Inte täcktes jag säga att jag inte kunde, utan jag smög mig iväg då han vände ryggen till. Men det är klart att det harmade. Musiken vi hade var inte så betydlig den heller, en gammal grammofon som stod och gnällde nästan för sig själv.

En gång, då vi hade Enbergs Nisses grammofon, kom Enbergskan själv dit efter den, för Kalle och Saga hade tagit den utan lov. När hon sen gick, med grammofonen i handen, sade hon vänligt och gement "fortsätin nu bara. Ja sku bara kom å hämt gramafåon, ja, ha ha."

Ja, det var till att dansa sen bara utan musik. Men när jag kom hem från min första dans var det väl inte långt ifrån att jag hade fått stryk. Det hjälpte inte mycket fast jag sade att det bara var medan vi väntade på mjölken som jag var där. Det skulle inte få upprepas i alla fall, men nog smög jag mig iväg trots allt. Till Kasnäs var jag också en gång. Jag blev bjuden av Gunvor och Gertrude, dom hade någon sorts bjudningsdans, men det vågade jag inte knysta om, jag sa bara att det var födelsedagskalas.

Men inte tyckte jag det var roligt heller, jag väntade bara på att vi skulle fara hem. Flickorna låg än här, än där med någon pojke i sängar och på bänkar och var det föll sig. Sådant förstod jag mig inte alls på så jag for nog inte på sådana kalas flera gånger.

Men som sagt, på Paviljongen, där var det roligt och därifrån kunde man gå hem när man ville ifall det inte var det. Men det var alltid roligt, jag kommer inte ihåg någon gång att det inte skulle ha varit det. Och till sist hade jag lov hemifrån också när dom märkte att dom kunde lita på mig och jag gick alltid in till mamma och anmälde mig då jag kom hem.

En annan sak man skulle göra som springflicka på pensionatet, var att möta gästerna vid ångbåtsbryggan, med skottkärra och gott humör. I synnerhet det sistnämnda behövdes minsann då det kom flera gäster och alla hade ett par tre koffertar som vägde minst 100 kg per styck. Allt radade dom gladeligen på kärran, och jag, stackars pingla som jag var på den tiden, skulle orka med allt på den eländiga, sandiga vägen från bryggan och opp till byn. Jag hade inte fyllt femton år då jag arbetade min första sommar där. Men så grundlade jag mitt ryggonda där också.

En gång blev jag skickad till Isakssons butik efter saltsäckar. Det var tungt redan att kärra hem dem, men sen när jag måste bära in dem i Ellens källare, knäckte det till i ryggen och det var som sagt då jag lade grunden till de ryggbesvär jag har fått dras med hela livet. Man förstod nu inte att säga nej heller och inte tror jag att Ellen hade meningen att man skulle bära så tungt, hon tänkte bara inte på att jag i alla fall var bara barnet även om jag försökte vara duktig. Jag var två somrar till där på arbete, men då var jag "stor" och fick full lön. Inte kändes arbetet så tungt heller när man var litet större

Jag kommer ihåg en del saker som förargade oss flickor. Sommargästerna kom t.ex. hemdragandes. med någon solstekt gädda som mitt i all annan brådska skulle rensas och just som man hade fått det gjort kom följande gubbe slingrande med ett par tre torra gäddor till. Dessutom tyckte dom att dom hade varit duktiga och man borde ha varit glad därtill. Man kan ju tycka att det inte hade kostat så mycket om de hade rensat och sköljt sina gäddor med detsamma då de hade fångat dem.

En annan sak var deras termosar i virkade fodral som skulle fyllas med kokande vatten samtidigt som man hade bråttom med frukosten. Det var inte en och två termosar, det var 20 – 30 stycken; nästan alla skulle ha termos med till stranden. Visst förstår jag att det var mycket bra, men just då man nästan inte räckte till för allt som skulle göras, önskade man nog termosarna dit pepparn växte och ägarna med. Dom stod i kö och gnällde om inte just deras flaska hunnit bli fylld allra först.

En gång fick vi också en stor ål som skulle flås och rensas. Jag hade nu aldrig tampats med en sådan förr, men vi fick goda råd om hur vi skulle göra. Den skulle spikas upp på en vägg och så skulle ett snitt runt halsen på den och därifrån skulle man dra skinnet så att säga mot sig. Nåja, skam den som ger sig, ålen fick vi uppspikad, men då jag skulle flå den, slog den till med stjärten så kniven skar upp ett ganska stort sår i min hand och det var slut med flåendet för mitt vidkommande. Det är för övrigt första och enda gången jag har haft att göra med ålar. Jag försökte smaka en liten bit sen då den var inkokt, men den påminde alltför mycket om en orm, så inte tyckte jag det var något att ha sig för hur gott och fint det var.

Alltid hade man händerna sjuka och sönderspruckna och såriga av allt rensande. I synnerhet stack man sig på abborrfenorna och såren började ofta ilskas. Sen skulle man ta upp potatis, skölja och skrapa den och diska, diska och diska. En gång hade jag hela handen som en enda varblåsa. Konstigt att man inte fick blodförgiftning. Inte kunde man få vara bort från arbetet heller.

Ja, det var underliga tider, och ändå var det inte 1800 – tal utan nästan mitten av 1900 – talet.

Sista året jag arbetade där var i alla fall roligt. Då var Gertrude Andersson från Kasnäs också där och vi hade väldigt roligt tillsammans., vi var klasskamrater från folkskolan. Hon var nästan ett år äldre än jag, men hon var så liten till växten att man kunde ha trott att jag var äldre. Hon hade ett ljuvligt hår, långt och lockigt, men det flög omkring emellanåt och hamnade ibland i maten. Och man kände genast igen det, ingen annan hade så långt och knyrrigt hår som Gertrude. Hon fick sig en uppsträckning av Ellen och blev tvungen att ha duk på sig sen då hon handskades med maten.

Hennes mamma fiskade och rökte sik, vilket var mycket ovanligt på den tiden. Att röka fisk menar jag. Det var i alla fall onödigt att tro att man skulle få med av det, gästerna var som galna efter den delikatessen.

Annars serverades det rågmjölsgröt till frukost. Stora svarta grytan skulle fyllas med vatten att kokas upp och sen skulle rågmjöl vispas i och röras och stå och småkoka flera timmar.

Allt vatten skulle förstås bäras både in och ut. Veden skulle också bäras in, och då spisen hela tiden stod varm var det mycket ved som skulle bäras.

Efter frukostgröten serverades vanligtvis kokt skalpotatis – då nypotatisen blev tillräckligt stor fick man ta upp och borsta den. Halstrad gädda eller strömming förekom ofta på menyn. Allt var ju ransonerat så brödet fick skäras i tunna skivor och läggas upp på assiett för varje gäst. Smör fick dom hålla sig med själva, man fick inte mer än 250 gram per månad på den tiden. Tant Ellen hade i alla fall haft hushållsgris så det fanns rökt fläsk att ta till. Ärtsoppan som serverades varje torsdag behövde inte bli utan fläsk. Till efterrätt vankades pannkaka. Gästerna fick t.o.m. en liten klick sylt. Annars var nog middagsmaten ganska enkel, av lättförståeliga skäl. Fisk i olika former, stuvad abborre, inkokt ål, gädda med pepparrotssås, strömmingslåda o.dyl.

Bär - och fruktsoppa till efterrätt

På söndagarna serverades köttfärs med kokt potatis och grönsaker och som efterrätt olika sorters gelé i portionskoppar. Det var middagsmaten, frukosten var ungefär som på vardagar, utom att det ofta serverades någon sufflé. Ofta var det ostsufflé gjord på. skummjölksost och fil i stället för gröt.

H:

Det gamla pensionatet fanns fortfarande i min ungdom och jag har t.o.m. jobbat där ett par dagar. Jag hoppade in för någon som var sjuk, vill jag minnas. Då var det Anne Enberg som var kock och hon har ju alltid varit driftig på många sätt. Med oss ungdomar var hon väldigt ungdomlig och kamratlig och fick väl på det sättet höra en hel del andra vuxna inte visste om.

På min tid var det annars för det mesta importerade pensionatpigor.

Oftast hängde de med vårt gäng och vi var ibland lite avundsjuka på dem eftersom de bodde för sig i ett litet vindsrum. Där kunde de ostört umgås med pojkar om de råkade hitta något intressant. Och det hände väl.

Ett av paren som fann varandra på det sättet är gifta än i denna dag och har ett helt gäng med barn.

I Skriftskolan

Den 1 mars 1943 skulle årets skriftskola börja på
prästgården Stubbnäs i Hiits. Jag var en av de
förhoppningsfulla som skulle börja. Utom jag skulle
mina gamla kamrater från folkskolan, Peary Johansson
och Kurt Söderström, också med. Det gällde att
inkvartera sig i Hitis eller Rosala byar – eller Böle förstås
– huvudsaken var att man bodde så det gick att ta sig
fram. Det var nämligen dåligt med isar det året. Putte och
jag hade fått lov att bo hos Betty Boström och Kurre
skulle bo hos sin moster i Nissa gård.

Då vi skulle ge oss iväg, skulle vi först fara med
sparkkälkar till Holma land. Därifrån skulle vi ro till
Nötholmen och sedan gå till Rosala och våra kvarter.
Kurres pappa Johannes Söderström var med oss tills vi
kom till öppet vatten. Då fick vi placera våra kälkar kors
och tvärs i ekstocken vi fick låna och ro iväg.

Jag kommer ihåg att vi var in till Gylphes och frågade hur vi skulle fortsätta därifrån. Alltnog, fram kom vi och Betty tog glatt emot oss. Vi hade mat med för fyra veckor eller hur länge skriftskolan räckte. Det fanns inga planer på att kunna ta sig hem emellan. Och konfirmationskläderna hade vi också med.

Då det blev läggdags, förklarade dottern i huset, sexåriga Marianne, att hon skulle sova i samma rum som Putte. Som hon ville, så blev det. Till en början fick då jag husera i den s.k. salen i ensamt majestät, men sen kom pappan i huset, Uno, hem. Då bestämde Betty att han och jag skulle sova i samma rum, Putte och Marianne i ett annat och själv skulle hon ligga i köket bredvid spisen. Hur jag än bönade och bad att få sova där så var det stopp. Hon och ingen annan skulle sova där.

Jag var så blyg och där var jag tvungen att klä av och på mig och ingen skall tro att han var finkänslig nog att vända ryggen till eller låtsas sova när jag skulle klä av mig. Ånej, så lätt slapp jag inte, där låg han och glodde så mycket han hann. För att inte tala om hur hemskt jag tyckte att det var då jag skulle stiga upp och pissa om nätterna och lika hemskt var det då han gjorde det. Oj vad jag led av att behöva ha det så. Annars gick nog tiden fort. Vi for ganska tidigt om morgnarna och kom hem sent på dagen, åtminstone jag. Flickorna gick ofta och drev på vägen hem, det fanns så mycket att prata om.

Med maten var det si och så, det var ju krigsår och allt var ransonerat. Men vi hade strömming och potatis med oss och det fick vi nästan varje dag. Men då vi hade ätit vårt första mål och kanske var litet blyga, så blev det någon strömming och potatis kvar, och då räknade hon hur många av var sort vi hade ätit och följande dag kokade hon just så många som vi hade ätit dagen innan. Med den påföljd att vi inte då heller täcktes ta sista strömmingen och sista potatisen. Så det blev att koka ännu mindre följande dag. Till sist blev det så att vi åt en strömming och en potatis varje mål. Putte åt kanske två av var sort, men det var nog så att vi gick hungriga hela tiden. Inte fanns det något att köpa på butiken heller, allt var ju som sagt på kort som man sade.

En gång per vecka – på torsdag – fick vi ärtsoppa och plättar, men bara en panna, sju små plättar var.

Jag kommer ihåg en torsdag då Tommos´ Jalle var där och arbetade med bryggan. Betty tyckte att hon kokade väldigt mycket mat den dagen. Det var för all del dubbelt upp mot vad hon annars lagade åt oss, men man visste inte vart man skulle se då Jalle började äta.

Fastän vi tog ännu mindre än vanligt så räckte det inte länge innan soppan var slut.

Pannkakor hade hon stekt två små högar åt honom och en åt oss. Ja, pannkakor var det ju inte utan plättar. Vi åt inte våra sju plättar, utan nöjde oss med tre, fyra för att det skulle räcka bättre. Men när han hade ätit upp allt, så fanns det ännu litet bröd och smör på bordet, och mjölk fanns i tillbringaren, men han åt upp precis allt, och ändå var han långt ifrån mätt. Det såg man på hans min. Men Betty höll på att få slag då hon såg hur han åt. Men hon åt så lite själv och Marianne nästan ingenting och inte var Uno stor i maten heller.

Det här var nu litet om boendet, men jag skall väl berätta lite om själva skriftskolan också.

Litet nervösa för det okända stegade vi iväg till Stubbnäs och där väntade oss kyrkoherde Elis Selin, som var vår Konfirmationslärare. Det visade sig att vi var sex flickor och dubbelt så många pojkar. Flickorna hette: Hjördis Engblom, Lea Ginman, Ingegerd Pellas, Helena Sjöberg, Ann – Maj Viberg och så jag, Saga Ström. Pojkarna hette: Tor Berglund, Torsten Björkell, Lars Breider, Allan Hollsten, Osvald Höglund, Peary Johansson, Björn – Ulrik Grönroos, Tauno Rautiainen, Arne Svanson, Kurt Söderström, Bertel Nylund och Erik Westerberg. En del kände jag från tidigare, men många var nya bekantskaper. Vi fick undervisning i både Gamla och Nya Testamentet och Katekesen. Psalmer fick vi också lära oss utantill, men någon psalmsång blev det inte, för kantorn Tor Sundqvist var inkallad för att försvara fosterlandet. Vi fick vara i någon sorts mangelbod, men där fanns kakelugnar så vi hade det nog varmt.

Roligt hade vi, pojkarna bråkade förstås. Ibland hade de dragit våra bänkar så nära till där dom satt själva, att dom kunde bråka riktigt handgripligen med oss och det blev ett fnissande och skrattande tills Selin märkte det och vi fick flytta på oss. En gång hade dom satt upp en bild av Gandhi på väggen bakom prästen och det var nu sen något att skratta åt. Men på det hela taget var nog alla snälla och följde med på lektionerna, det var ju så, den tiden, att man kunde få gå ett år till och det var stor skam.

Då Selin fyllde år under skriftskoltiden, var det tradition att man blev hembjuden till prästgården på födelsedagskalas. Det fanns minsann inte så mycket att bjuda på i kris – och krigstid, men kaffe och bullar fick vi och sedan kastade han pärlor för svin kan man säga. Han underhöll oss med musik på fiol, han lär ha varit en god violinist har jag hört senare. Men tyvärr förstod inte jag och knappast någon annan heller det fina i kråksången. Vi hade all möda i världen att kunna hålla oss för skratt, han vände och vred på sig som det anstår en virtuos, men ingen av oss hade varit van vid dylik gymnastik förut, så vi fann honom närmast komisk. Nog hade man sett "Sunnanlandarn" Leander Isaksson och "Stomtarn" Erik Isaksson spela fiol, men inte behövde dom krumbukta sig alls sådär. Så är det när man är ung och dum.

Före konfirmationen var vi i kyrkan och dekorerade den efter bästa förmåga med skogens gröna kvistar. Ja, vi var naturligtvis i kyrkan varje söndag under denhär tiden. Men själva konfirmationsdagen 28 mars 1943 var regnig och ruskig och menföre var det fortsättningsvis. Det var med nöd och näppe fäderna hade tagit sig till kyrkan, mammorna fick stanna hemma. Högtidligt tyckte vi nog att det var och samtidigt var man nervös och rädd att inte kunna svara på frågorna som ställdes. Men allt gick bra och alla "slapp fram".

Några blommor och fotograferingar förekom inte, det är nog synd att man inte har ett foto av sina "läsankamrater". Jag fick i alla fall en gulddoubléklocka som gåva, och det var jag mycket glad för. Tänk, en egen armbandsklocka! Det delades inte ut några Biblar det året, men Kurt Söderström och jag fick varsitt Nya Testamentet. Det var förstås en stor ära att Högsåra hade klarar sig så fint. Tre konfirmander och av dom fick två Nya Testamentet!

Med sorg i hjärta och sinne tog vi farväl av varandra och tyckte nog lite till mans att det var ledsamt att skiljas,

men vi skulle ju träffas på sommaren! Nu var man ju
äntligen torr bakom öronen och skulle få gå på dans.

Glad var jag ändå att få fara hem och träffa dem, det var
en hel månad sen vi for iväg.

Harriets konfirmation och Bengts.

Då jag konfirmerades var tiderna helt annorlunda. Jag
gick i skola i Hangö då och konfirmerades tillsammans
med min klass. Då gick man i kyrkan nästan varje söndag
hela vintern och så var det konfirmationsundervisning
eller skriba som det kallades en gång i veckan.

Det var väldigt roligt och vår konfirmationspräst Allan
Högström måste ha varit något av det lugnaste och
tålamodigaste man kan tänka sig. Han hade för all del
barn i samma ålder, så han hade kanske tillfälle att öva
sitt tålamod på hemmaplan också.

Själva konfirmationen däremot var lite dyster. Inte p.g.a. prästen.

Nej, Min pannlugg var för lång och Beatlesfilmen A Hard Days Night visades påsklördagen på Bio Olympia i Hangö.

Luggen måste jag klippa och filmen fick jag inte gå och se. Eftersom det inte gick an att man såg så galna filmer kvällen före den Stora Dagen.

Fotograferade blev vi däremot på löpande band och jag ser ganska surmulen ut på mina kort. Såhär i efterhand kan man tycka att luggen är lång nog i alla fall, men det var inte så det kändes.

Min bror Bengt konfirmerades däremot i Hitis och hans grupp hörde väl till de första som var klädda i alba. Så han fick ingen "framslippankostym", han.

Högsåra by

Hågkomster om Adelè Berglund.

Först skall jag berätta vad jag vet om Adelès härkomst.
Hon föddes 3 juli 1988 som utomäktenskaplig dotter till
Fina Jakobsdotter från Högsåra Lill - Öras. Den gården
blev senare Västergård. Fina ansågs efterbliven så fadern
blev aldrig känd, men Fina tjänade piga på Vänoxa
Vestergård då hon blev med barn. Elaka tungor gjorde

gällande att det var husbonden på gården som skulle ha varit fadern, men det sägs alltid så mycket. Själv grubblade Adelè aldrig över den saken.

Då hon kom i skolåldern togs hon omhand av sina mostrar, som bodde i Hitis och var gifta där. På så sätt fick hon gå i skola. Det var annars inte så vanligt bland fattigare människor den tiden. I Hitis konfirmerades hon och hon var så duktig att det var hon som fick Bibeln det året.

Det var den, som ansågs kunna sina läxor bäst och bäst kunde svara på frågor, som fick Bibeln.

Efter skriftskoletiden skickades hon ut i världen för att försörja sig. Hon var bl.a i tjänst hos Viktor Eks familj på Käla gård och hon blev glatt överraskad då hennes "Fröken Gertrud" som friherrinnan Cedercreutz kom till Högsåra som sommargäst. Då var Adelè redan gammal och inte var Fröken Gertrud så ung heller.

I Helsingfors lärde sig Adelè till glansstrykerska.

Men helt plötsligt fick hon kallelse att komma "hem" till Högsåra för att ta hand om sin mamma, som inte längre kunde ta vara på sig själv.

Hon kom hem och bodde med sin mamma i Västergårds lillstuga. Det hade Finas bror, som hade ägt stället, skött om då han sålde det. Hans avsigkomna syster skulle ha tak över huvudet. På ena sidan av den lilla stugan bodde således Fina och Adelè och på andra halvan, med skild ingång, bodde ägarens mor, Ida Danielsson. Man kan inte påstå att förhållandet mellan grannarna skulle ha varit bra. Ida Danielsson var petnoga med allting. Det skulle vara snyggt och både mat och kläder skulle vara rena. Hon skulle nog gärna ha sett grannarna fara dit pepparn växte. Det gick så långt att bondvärdinnorna gick dit och försökte städa upp hos Fina och ge henne hela och rena kläder. Men detta såg Adelè inte med blida ögon. Hon såg det som ett intrång i deras hem och hon gick omkring och var arg.

Då Fina dog fick hon i alla fall inte bo kvar. Då gick hon till bönderna i byn och bad om hjälp att få virke till en liten stuga åt sig. Tomt fick hon från Lill – Ers (Lisslars) och Sjöholm basade för bygget. Om jag inte minns fel, jag var inte så gammal då hennes hus byggdes. Den stugan skulle hon ha velat kalla Adelborg, men tyckte ändå tillika att det var ett litet väl storståtligt namn på en så liten stuga. Jag tror hon kallade den för Solkulla, men vad jag vet kallade ingen den för något annat än Adelès. Så småningom fick hon byggt både vedlider och tupp. Men veden hon samlade i lidret rörde hon inte och inte använde hon tuppen heller, hon gick ut i skogen bakom en sten om behovet kom på då hon var hemma, annars kunde hon använda någon av byns tuppar.

Hon försörjde sig med att gå hos bönderna på arbete eller hos vem som helst som behövde hjälp. Bär plockade hon mycket, hon älskade att "driva" i skogen, som hon själv uttryckte det.

Skolans eldning och städning skötte hon i många år. Till det hörde också att bära vatten och se till lamporna och så. Det var alltså ungefär en vaktmästartjänst. Lotsstationens städning hade hon också hand om. När folkpensionen kom tyckte hon att hon fick det väldigt bra. Hon hade aldrig tidigare haft så mycket pengar. Men hon använde aldrig sina pengar, så efter hennes död kom en okänd kusin och ärvde en vacker slant av hennes besparingar.

Då Adelè blev sjuk försökte folk i byn först föra mat till henne och elda och städa, men då det inte längre gick, fördes hon mot sin vilja till kommunalhemmet och tillbaka därifrån kom hon aldrig. Hon dog troligen i magcancer den 29 mars 1960. Då hon begravdes bredvid sin mamma på kyrkogården i Hitis, var det många Högsårabor som var med på jordfästningen. Sven Örnell körde dit med sin traktor och de som ville fick följa med.

Det här var i stora drag berättelsen om Adelè, men jag har många hågkomster från den tid hon var så gott som daglig gäst i mitt barndomshem Och det var egentligen sådana små episoder jag tänkte berätta om.

Jag kommer ihåg sista julen Fina levde och dom fortfarande bodde i Västergårds lillstuga. Det var så att handelsman Fredriksson hade dött på hösten och det hade varit ett storståtligt begravningskalas, som sig bör då en sådan märkesman gått ur tiden. Alltnog, det hade blivit över en massa mat och kakor, som delades ut bland släkten. Det som var påbörjat gavs däremot åt Fina och Adelè. Fina var gammal och sjuk och Adelè var inte särskilt svår på kakor. Hon kom till oss och bad mig ta med något att bära i och komma till dem efter kakor. Jag var livrädd då jag gick dit, jag viste ju inte alls hur där skulle se ut. Men Storöras Julia och någon annan hade varit där och städat till julen och Fina låg i sin säng med rent nattlinne och såg så glad och nöjd ut.

Så det var inte så farligt som jag hade inbillat mig.

Kakor med mörk glasyr på. Det var väl choklad kan jag tänka mig idag, men då påminde det om döden och allt tissel och tassel det var i samband med Fredrikssons död.

Så jag, som annars tyckte om kakor, var inte alls så pigg på dom. Om vi lyckades äta upp dem överhuvudtaget kommer jag inte ihåg.

Sen kommer jag ihåg hur Adelè ofta kom till oss om kvällarna då hon var klar med skolstädningen. Hon fick ofta en matbit och kaffe frågade hon alltid efter. Hon blev sittande och pratade ganska länge och det var inte en och

två nätter hon bad att få ligga på golvet vid spisen.
Sängkläder ville hon inte ha, en dyna under huvudet och
en matta att ligga på var allt. På det sättet hade hon nära
till skolan följande morgon och alltid fick hon kaffe
innan hon gick.

På nyårsafton firade hon nyårsvaka med oss många år i
följd. Hon kom tidigt och gick i bastu först. Hon tvättade
håret och kammade det och så tog hon på sarsklänningen
Ragnhild hade sytt åt henne men som hon sällan
använde. Så åt vi nyårsmiddag och det var antingen
lutfisk eller gädda och potatis. Som efterrätt var det
risgrynsgröt. Senare drack vi kaffe och åt av julkakorna
och småbröden. Vi lyssnade på radion och då tolvslaget
kom och dom spelade "Vårt land" steg Adelè upp och tog
oss alla i hand och tackade för året som gått och önskade
Gott Nytt År. Den kvällen stannade hon aldrig över
natten utan gick hem i mörkret till sitt säkert oeldade
hem.

På höstarna fick jag ofta den äran att gå till skogen med
henne för att plocka bär. Vi gick kring hela Högsåra -
landet tyckte jag ibland. När vi kom till ett ställe där det

fanns massor av bär, stannade hon aldrig där utan vi skulle "driva" som hon sade. Så vi drev alltid tills vi kom till ett ställe med ganska lite bär. Där skulle vi hållas och plocka. Jag hade nog mina aningar om att hon kom tillbaka ensam nästa dag och fick ämbaret fullt på en liten stund. Det var nog mest som sällskap jag fick följa med. Och nog fick jag ihop tillräckligt med bär åt oss, annat var det med henne som skulle sälja sina bär. Det var ganska svårt för henne att sälja, hon plockade fruktansvärt mycket skräp, halva skogen följde med då hon plockade. Var det lingon gick det väl an att rensa, men blåbär var det värre med. Så det blev ofta så att hon förde både bär och skräp till beställaren eller också blev bären stående i någon pyts hemma i hennes farstu. Mamma förbarmade sig ofta över henne. När vi kom från skogen sa hon att hon skulle rensa så de kom iväg dit de skulle. Ibland skickade hon bär till Helsingfors med turbåten.

Roligt var det nog då hon berättade många dråpligheter om sitt liv i stan och om mänskor hon hade träffat. Jag skulle vara litet fin, tyckte hon ibland. Som då hon kom med tyg till nattlinne och nattmössa åt mig. Ragnhild skulle sy dem. Ingen människa använde nattmössa, men hennes herrskap hade haft det så därför skulle jag också ha. Spetsar och band hade hon med, så det var bara att tacka och ta emot. Men inte använde jag den någonsin. Så fin ville jag inte vara. En annan gång hade hon köpt åt mig ett porslinstvättfat och vattenkanna för den jag hade var bara emaljerad plåt.

Ibland fick jag kamma henne, och det var minsann inte gjort på en liten stund. Hon använde nämligen inte kammen i onödan. När hon sen var kammad och flätad var hon glad och sade att det bekom henne väl att bli "oppråbbad". Vad som också bekom henne väl var att ha "utkast". Hon hade ganska ofta sina utkast, vilket säkert berodde på att hon åt mat som kanske inte bekom henne så väl. En sak hon inte tyckte om var om någon bjöd henne på mat och sade att "jag kastar bort det annars". Då blev det oftast så att den som sade det också fick kasta bort maten. En gång var Rurik, Börje och jag hembjudna till henne på mat. Det var nästan som då jag var till Fina efter kakor. Jag var riktigt rädd för vad hon skulle ha hittat på att bjuda oss. Hon hade ibland litet säregna kombinationer, en gång hade hon t.ex. kokat rotmos och haft i kryddad vassbuk. Men när vi nu kom till Adelès så hade hon dukat med vit duk, allt var snyggt och prydligt och själv höll hon på och stekte strömming. När vi satte oss till bords hade hon visserligen skalpotatis, men så fint tvättad att vi inte hade sett maken. Strömmingen var lagom stekt och fint brynt på båda sidor och snyggt upplagd med citronskivor som tillbehör och dekoration. Det var riktigt gott, så nog kunde hon om hon ville, det blev bara inte av så ofta.

H:

Det var en lång berättelse om Adelè och hon var en ganska iögonenfallande person. Då jag själv i ungdomen designade rätt uppseendeväckande utstyrslar, skrattade mamma och mommo ofta och sade att "Adelè, hon var före sin tid hon". Det var inte direkt menat som någon komplimang, men det skrattade jag också åt. På den tiden var det förresten inte så värst svårt att väcka uppmärksamhet.

Som jag minns Adelè, gick hon verkligen klädd i "lager på lager". Och jag minns inga andra skodon än stövlar. Tröjor och kjolar och kavajer i en salig blandning och gärna både duk ock mössa.

Hon blev nog inte mer lagd för att städa och elda på gamla dar än hon hade varit som yngre. Jag har i alla fall sett något fotografi av henne som ung och hon var riktigt vacker. Mamma berättade också att hon hade väldigt fin figur under alla paltorna. Begåvad var hon ju också och redde sig uppenbarligen bra på Käla gård. Sen skulle hon ju bli glansstrykerska, det var ett respekterat yrke. I stället kom hon hem, säkert inte så glatt men dock plikttroget, för att ta hand om sin mamma. Det kan inte ha varit lätt, trots att hon tog de arbeten hon fick. Ibland har jag också tänkt att hennes ovårdade uppenbarelse kunde ha varit ett sätt att hålla karlarna ifrån sig?!

En ensam kvinna hade inte många rättigheter på den tiden.

Att hon sökte sig till min mormor, Eine, berodde säkert i hög grad på att Eine nästan alltid var ensam med barnen. Axel var ju sjöbevakare och deras ledigheter var lätt räknade.

Då vi var små var vi nog lite rädda för Adelè. Hon kom emellanåt hem till oss också, men där stannade hon oftast i dörren. Hon ville inte stiga in, inte sitta ner, hon skulle "just gå".

På det sättet kunde ett par timmar lätt gå, Mamma diskade eller pysslade med något och Adelè berättade senaste nytt. Jag viftade med öronen medan jag låtsades läsa tidning eller något i den vägen. Gjorde mig lite osynlig i alla fall. Min bror var inte lika lagd för skvaller, men ännu lite räddare för själva gästen.

En gång satt han under köksbordet och var osynlig. Själv kunde han hålla henne under uppsikt och då hon för femtioelfte gången sade att "nej, jag ska gå", tog Bengt till orda och sade ganska högt "gå bara, en annan käring som heter Mommo har gått redan".

Mommo hade nämligen gått hem till sig och Bengt tyckte det började bli dags att återställa ordningen.

Adelè hörde troligen inte alls vad han muttrade där under bordet, men det gjorde Mamma. Och Bengt fick nog en avbasning då Adelè slutligen gick. Samtidigt var det svårt för Mamma att hålla sig för skratt, hon förstod ju mer än väl andemeningen i det hela.

Nerstu

Nu skall jag berätta litet om människor jag kommer ihåg, som bott i Högsåra. Tiden är från ungefär mitten av 30 – talet och framåt. Något exakt är det inte frågan om, endast hur jag som barn har sett mänskorna och upplevt dem.

Jag tänkte börja på söder, i Nerstu som vi kallade Nylunds för enligt gammalt talesätt.

Där bodde Nerstumor, en liten rultig gumma. Hon pratade ofta för sig själv och om vintrarna gick hon och sköt på en vattukälke, troligen för att bättre hålla balansen. Hon var väl lite inbillningssjuk, ofta skickade hon efter något som hon kallade för bromkalium från Apoteket i Dalsbruk. Hon skickade efter det med Theodor Danielsson, som var postförare då. Hon var med på ett läsförhör en gång, då jag fick beröm av kyrkoherde Selin för att jag hade läst så bra. Efter det sa hon alltid då vi möttes: "Va e du som va så *ryslit dukti* ti läsa?" Jag skämdes alltid om det var någon annan med och hörde det, det var inte så populärt att vara duktig på läsförhör inte.

Nerstumor levde ända till någongång i början av 40 – talet, ännu sommaren -41 då ryssarna flög här och sköt. Då sprang dom från Nerstu upp till Nystu och där satt hon sen i sommarnatten och beskärmade sig och sa: "Fy, fy, ryssen den dumma".

I Nerstu bodde också en dotter till Nerstumor (som förresten hette Olga Andersson). Dottern bodde på vinden och hon hette Ester Collander. Hon hade varit småskollärarinna i Rosala och gift hade hon varit med en som fick heta Collander, rätt och slätt. Hur det riktigt hade varit med deras äktenskapliga samliv fick jag aldrig klart för mig. Han fanns i alla fall inte med i bilden, en enda gång minns jag att jag skulle ha sett honom.

Alltnog, Ester Collander var nog lite egen av sig. Bl. a. gick hon alltid klädd i en lång läderrock fastän det var mitt i sommaren. Det var för att utestänga värmen, som hon sade då folk retades med henne. Annars var hon nog oförarglig, gick till post och butik och till Storöras (Örnells) efter mjölk. Men det var nog många som sade att det var hon som satte griller i huvudet på Majlid, som hon var moster åt.

Den egentliga familjen i Nerstu var annars Esters syster Signe, som bodde i nedre våningen där hon också hade Mommo hos sig. Signe var gift med Karl Nylund från Pargas och dom hade barnen Majlid, Helena, Tage och Kaj – Ove.

Signe var en skojfrisk person, man fick sig alltid ett gott skratt i hennes sällskap. Kalle var för det mesta borta, han var s.k. långlots på Sverigebåtarna. Men semester hade han och på vintern, om båtarna inte kunde gå, var han hemma.

Men det var inte nådigt. Signe fick inte skratta med Kalle för Majlid. "Han tror inte att du är sjuk då" hörde jag berättas att hon skulle ha sagt till Signe. Majlid var nog ett kapitel för sig, hon trodde sig lida av alla sorters obotliga sjukdomar. Det var i det avseendet Ester kanske inte var så bra för henne. Folkskygg var Majlid också. Om man kom dit oväntat hörde man bara hur dörren smällde fast efter henne. Det var på sätt och vis synd om henne. Hon tyckte att hon var för fin för att arbeta. "Vi är ju nästan som herrskap" sade hon till Signe.

Och Signe, hon var som mammor ofta är, blind för Majlids nycker och försökte på alla sätt göra hennes liv så bra som möjligt. Enligt vad hon tyckte var bäst. När Signe dog fanns det ingen som stod Majlid nära och det var väl en av orsakerna till att hon tog livet av sig julafton 1985, genom att dränka sig vid lotsbryggan. Det var ett steg hon hade velat ta hela hösten. Vi hade många och långa pratstunder under höstens lopp, men inget man sade tycktes hjälpa. Hon borde ha fått bli något stort och fint, gärna sångerska eller skådespelerska, det sa hon flera gånger. Hon som sjöng bra, såg bra ut, var intelligent o.s.v. men vad hjälpte det?

Den andra dottern gifte sig tidigt och for till Hangö. Tage var sjöman och gifte sig först med Sörens syster Ethel. Dom fick en son, men skildes senare och han gifte om sig med Margit från Åland. Tage dog 1975, han var då bara litet över 50 år.

Kaj – Ove, som gick i skolan tillsammans med mig flera år gifte sig med sin Asta och är bosatt i Dalsbruk.

Nu är den släkten borta från byn och Nerstu lever upp bara sommartid. Och där var ändå liv och leverne på sin tid. Dom hade. en ko som hette Lemmikki och får och potatisland. Potatislandet låg där gravgården är nu och dom hade det gemensamt med Sjöholms, som var deras närmaste släktingar här i byn. Dagmar som var gift med Nestor Sjöholm var äldsta dottern i Nerstu, men närmare om dem senare. Jag skall nu skriva om Nystu, dom var närmsta grannar till Nerstu.

H:

Det var alltid simskola på den lilla strandängen nedanför
Nerstu. Simskolan var nästan lika obligatorisk som den
riktiga skolan men bra mycket roligare. Naturligtvis
berodde det mycket på vem som var simlärarinna, men
det var i alla fall ett tillfälle att träffas och leka och
bekanta sig med varandra. Där var barnen från byn och
en del av sommargästbarnen. Vi lärde oss simma tidigt
och tog märken på löpande band, men det var inte det
som var huvudsaken. Tyckte jag. Huvudsaken var just
lekarna och kompisarna.

Jag brukade oftast gå till simskolan "över viken", det var
närmare och det gjorde ju inget att det var lite blött och
dyigt. På den tiden gick vissa avlopp också rakt ut i övre
delen av viken, men avlopp rakt ut i havet har man ju
fortfarande i Kina så det var inte mer med det.

På den tiden hände det sig nästan aldrig att föräldrar
följde sina barn till simskolan, ännu mindre satt kvar där

och väntade. Var man stor nog att gå i simskola så skulle man klara det. Inte som då t.ex. mina egna barn gick i simskola på 90 – talet och nästan alla hade föräldrar med sig. Det blev rätt långa sittningar de år barnen gick i olika grupper och man skulle sitta där med båda. Men vi föräldrar hade det trevligt och vad är väl bättre än att sitta på stranden en vacker sommardag.

Men, tillbaka till min tid.

Jag minns hur en äldre dam kom ner till stranden och simmade, alldeles vid Storöras brygga. Hon hade bruna, ganska tunna yllebyxor ner till knäet, en ylleundertröja som också var brunt och en stor duschmössa på huvudet. Sen satt hon och flöt med huvudet högt och det såg ganska roligt ut. Jag kan tänka mig att det skulle ha varit lugnare för henne att gå ner senare på dagen eller varför inte tidigare. Men hon var allt som oftast där just medan det var simskola. Och det är ju tänkbart att det var enda chansen att få vara i fred för en del andra personer som jämt smög omkring bryggor och båthus.

Stranden var inte alls så bra som nu, den var gräsbevuxen och det var halt att vada och tårna sjönk ner i dy. Två gånger fick jag glasbit i foten. Då var det bara att linka iväg till Mommos. Hon var gudskelov hemma och kunde peta ut glasbiten och förbinda såret. Annat otrevligt kunde också hända.

Det var en gång ett par sommargästflickor som lekte att de skulle dränka mig och en jämnårig kompis. De höll oss under vattnet och det var tydligen en väldigt rolig lek för dem. De var väl en tre, fyra år äldre än vi. För oss var det kanske inte riktigt lika trevligt.

Nystu

I Nystu bodde, då jag var barn, Nystumor eller Hedda Jakobsson som hon egentligen hette. Hon hade varit värdinna på Lillöras eller Västergårds som det hette i mitt minne. Hon bodde i kammaren och salen och dottersonen

Volmar Johansson med familj bodde i köket och en liten kammare som knappt rymde annat än en säng.

Nystumor var egentligen hemma från Vänoxa, men gifte sig med Högsåra - bonden, lotsen Johan (tror jag han hette) Jakobsson. Gården sålde dom till Kasnäs Östers som hade dottern Ida. Ida fick stället och gifte sig med Backa – Anton, men det är en annan historia.

Alltnog, Nystumor hade inte namn om sig att vara snäll. Anna, som var gift med Volmar, hade nog sju dar i veckan med henne. Nystumor gick runt i byn och sade att Anna var så stygg att hon inte kunde bo hemma längre. Också hos oss i Ströms var hon och skulle med allt våld flytta dit för att skötas där. Men hon var nog "känd" så det blev inget napp. Gammal blev hon, över 90 år.

Volmar och Anna hade barnen Teddy, Henry, Mary, Gracy och Peary. Dessutom lär det ha funnits en flicka som dog som liten. Hon hette Kitty.

Teddy var en spelevink. Han gifte sig med Greta Isaksson från Rosala och fick barnen Ulla – Britta och Guy. Teddy dog redan 1952, bara 42 år gammal. Henry stupade i kriget. Mary gifte sig till Nyland. Gracy gifte sig med Erik Leander då han blev änkling. Peary eller Putte som han alltid har kallats, är gift med Orvokki, som var tjänarinna i Övergårds. Hon hade tidigare varit gift hette och hade sonen Kari med sig i boet. Tillsammans har Putte och Orvokki Lennart och Lena.

Volmar var lots till en början, men han blev senare båtförare, eftersom han fick problem med synen. Anna var känd för sitt städande. Det var så blankt och fint hos dom, alltid. Annars var hon ganska tillbakadragen av sig. Hon gick just inte i byn och inte var hon med i föreningslivet heller. Gamla blev dom, både Anna och Volmar.

Nuförtiden är också det huset bebott endast sommartid, av Puttes familj. Om vintern bor dom i Dalsbruk.

Nyholmskan, som vi kallade henne, hette egentligen Alma och var dotter till Hedda och mor till Volmar. Hon bodde i en stuga för sig, Nyholms kallas den än i dag. Hon hade också en dotter, Vera, som var gift med Nordberg och hade en villa intill. I ena halvan Av den villan fanns rum för Almas dotter Vivi, som bodde i Amerika. Henne minns jag bra, för hon var hemma hela sommaren 1939. Då var flottan stationerad här och dom sällskapade med Vivi och Rosa Liljas dotter Rhea, som också var hemma från Amerika då. Man tyckte dom var så fina och så rökte dom och hade långa munstycken. Det var en doft av den stora världen.

Alma hade också en son i äktenskapet med Nyholm. Han hette Tage och var gift med Sanny från Kagskäla Västergårds. Efter att hon blivit änka, fick Alma ytterligare en dotter, Martha.

Martha gifte sig med John Sundqvist från Biskopsö. Hon fick sonen Klas och en dotter som jag tror heter Dorrit. Martha har bott i Hangö med sin sonhustru och sina barnbarn sen hon blev änka. Klas dog också ganska snart efter att de flyttat till Hangö. Nu har Martha fått ärva Nyholms och hennes sonsöner jobbar duktigt på att sätta huset i skick igen. Ingen har ju bott där på år och dag. Men nu ser det riktigt snyggt ut, både hus och tomt.

Puttes dotter Lena bor i Nordbergs sommartid..

Samtidigt kan jag skriva om den andra dottern, Amanda. Hon var gift med Leander Isaksson från Rosala. Dom byggde sig ett hus i Sunnanland och Manda har jag aldrig sett, Men Leander eller "Sunnanlandarn" som han kallades, levde länge. Han tog Anni Jansson som hushållerska då han blev änkling och hon hade en man som hette Arne. Anni är död och de sålde sin vackra villa till Kerttu och Gustav Braxén. Arne bor numera i Dalsbruk Så den villan är nu också bebodd endast sommartid.

Sunnanlandarn var snickare till yrket och han var en tid slöjdlärare i folkskolan. Men han sades tycka litet för bra om starkvaror så han ansågs inte lämplig som lärare. Otaliga är de gungstolar han gjorde åt folk i trakten och också sommargäster for iväg med hans erkänt bekväma stolar. Också i mitt hem hade vi en av hans stolar. Åt mig svarvade han en kavel, men den var inte så lyckad eftersom den var gjord av maskigt trä. Fiol spelade han också och anlitades ofta för att spela brudmarsch. Då spelade han så att det lät som "Ja e från Rousal ja, ja e från Rousal ja". Från Rosala var han ju.

Nordbergs hus var tudelat och den som var Vivis hyrdes ut till hennes kusin Anna Sjöberg som var småskolslärarinna här i Högsåra ända fram till pensioneringen. Hon hade ett medfött höftfel, som gjorde att hon gick med tårna inåt. Hon var en bra och omtyckt lärarinna.

H:

Gracy arbetade på Centralen, d.v.s. telefoncentralen, då jag var liten. Alfhild Ekebom hade på den tiden Centralen hemma hos sig och Gracy arbetade där varannan dag. Ekeboms var våra närmaste grannar. Ekeboms tvillingar, som var sex dagar yngre än jag – sex viktiga dagar skall ni tro, berättade många intressanta historier som de snappat upp. Ekeboms hade fyra barn: Göran, Hasse, Kaj och så Dan som var jämngammal med min lillebror Bengt. Jag tyckte alltid bäst om Hasse och lär ha förkunnat att "då jag blir stor skall jag gifta mig med Hasse, men får jag inte Hasse så väljer jag Kaj". Hmm.

Då vi blev stora var vi nog inte så intresserade av varann längre, men jag minns att tvillingarna, som inte hade någon syster, gärna gick med mig på "skithuset" som de kallade det. Tuppen kallades det hos oss eller "lilla kammarn" som min Mommo sade.

Där satte de sig då de kissade, kanske av sympati för mig. VC betydde annars Vårt Skithus. Hade dom bestämt.

Tvillingarna var emellanåt ganska vilda.

Då de var små hade båda långa blonda lockar. Tills en vacker morgon tvillingarna kom i gräl om grötkastrullen som redan var nästan tom och gröten hade också svalnat. Som tur var. Så den ena tvillingen placerade grytan på den andras huvud, men han var inte sen att byta plats på kokkärlet. Nu satt båda där med lockarna fulla med klistrig gröt.

Tvillingarna blev kortklippta.

Vi lekte jämt, vad jag kommer ihåg, men alltid ute. En gång hade vi lämnat Bengt på gården och stuckit iväg till skogen där vi byggde en koja. Vid något tillfälle tyckte jag att någon ropade på mig, men vi enades om att vi nog hade hört fel.

Det hade vi inte. Mamma var rosenrasande då jag äntligen kom hem. Nu skulle jag minsann få innearrest resten av dagen. Och det fick jag. Mot kvällen, troligen då vi satt och åt kvällsmat, hördes ett förfärligt oväsen. Mamma tittade ut genom köksfönstret och såg Hasse och Kaj och kanske några av Leanders pojkarna insvepta i lakan, trampande i Mammas rabatter nedanför fönstret. Det var meningen att Mamma skulle bli så skrämd så hon skulle låta mig gå ut. Litet fel i beräkningarna.

Alfhild lär inte heller ha varit så glad över sina nytvättade lakan.Det var ju inte helt enkelt med vare sig tvätt eller torkning på denhär tiden. Dessutom vill jag minnas att de hade klippt hål för ögonen.

Gracys bror Teddy var gift med Alfhilds syster Greta, så litet släkt till släkten var de på det viset. Teddy och Greta hade en vacker dotter som hette Ulla – Britta och en son som var litet äldre än vi och hette Guy. På den tid jag kan minnas var de redan utflyttade från byn och kom bara på besök ibland. Teddy dog ju ung. Bergen mellan Bettjis och Olla kallades för "Teddys bergena", eftersom Teddy hade bott i stugan där högst uppe. Putte med familj bodde där då jag var liten, men bergen var dock alltid Teddys.

Sjöholms

Det är inte alls lätt att skriva om Sjöholms, som jag nu tänker göra. Där var så många boare, som nog var släkt med varandra på nära håll, men ändå inte bara en enda familj.

Om jag börjar med Sjöholm, som hette Nestor i förnamn, så var han i alla fall huvudman där i huset. Han var också den som hade byggt det. Han var gift med Dagmar, som var hemma från Nerstu och syster till Signe som jag skrivit om tidigare. Dagmar hade en dotter, Ragnhild, med i boet och tillsammans fick dom Gertrud, Dorothea, som allmänt kallades Thea, och Lars. Dagmar led av sömnsjuka. Hon satt alltid och såg ut genom fönstret på vem som rörde sig på vägen. För en utomstående var det ibland svårt att förstå vad hon sade, men själva förstod dom nog bra.

I Sjöholms fanns telefoncentralen och den skulle vara igång både dag och natt.

Sjöholm var timmerman och litet av varje försökte han sig på att göra. Han var slöjdlärare under den tid jag gick i skolan och även efteråt.

När man hade brutit av en skida fick man gå till Sjöholm och fråga om han hade tid att laga den. Han gjorde det inte alls fint, han bara satte en plåtbit runtom där den var av och så spikade han fast den med små spikar. Fult blev det, men vad hade man för råd.

Nystu Volmar limmade ihop bitarna så att det inte alls syntes att skidan hade varit sönder, men det var bara vissa som han lappade åt.

Ragnhild var sömmerska och sydde nästan alla kläder åtminstone åt oss. Man fick bläddra i modejournaler och hon tog mått och man såg för sitt inre öga hur fin man skulle bli, men tyvärr stämde ens fantasier sällan med verkligheten. När man var liten skulle kläderna sys att växa i och innan dom var lagom så var dom slut.

Men någon enstaka gång kunde det hända att klänningen blev precis så vacker som man fantiserat och då var man i sjunde himlen.

Ragnhild hade en dotter, Geraldine, som allmänt kallades Dine. Dessutom hade Ragnhild haft en pojke som dog då han var ett litet barn.

Dine for bort redan före krigsåren och då hon kom tillbaka var hon så fin att man bara gapade. Hon började i Ekenäs lärarinneseminarium, men så träffade hon Jensen, som var i Dragsvik. Dine blev "med barn" som man sade på den tiden och så gifte dom sig. En tid bodde hon i Sjöholms med sin Krister.

Gertrud hade gift sig med Sven Lindberg som före det var dräng i Storöras. På den tiden hade han varit mera vild, men Gertrud fick honom from som ett lamm. Dom fick en pojke, Leif, som var så stor då han blev född, att

Gertrud aldrig riktigt hämtade sig från sviterna av den förlossningen.

Tea hade varit i Hangö och träffat Evert Blomqvist som hon förlovade sig med. Också han kom till Sjöholms och bodde där en tid.

Både Lindberg och Evert gick omkring i byn på arbete. Till sist frågade Lindberg Evert om han tänkte gifta sig med Tea eller inte. Om inte skulle han få ge sig iväg eftersom det var trångt i stugan redan förut. Så gifte sig Tea och Evert och flyttade till Hangö.

Telefoncentralen flyttade till Anna Larssons och det blev slut med den förtjänsten.

Dagmar dog och Lasse dog i början av kriget. Han hade varit sjöman före det. Sjöholm blev gammal och åderförkalkad och dog hösten 1953.

Leif for till Hangö och skulle bo hos Tea och Evert, men det gick inte så bra så hela gänget beslöt flytta dit och det gjorde dom. Sen kom dom bara hit till somrarna.

H:

Ragnhild sydde fortsättningsvis alla klänningar då jag var liten och mönstret var nog detsamma. Kragen och ärmlängden kunde man få ha åsikter om men själva klänningen visste hon bäst hur det skulle vara.

Dine och Jensen var båda väldigt tjusiga och deras yngre son, som oftast kallades Lillen, var också väldigt vacker och oftast tillsammans med vårt sommargäng.

Västergårds

Denhär gången tänkte jag skriva om Västergårdsfolket. Kanske jag börjar med de gamla, som bodde i Lillstugan nere vid stranden.

Stugan har varit borta länge redan och människorna som bodde där med.

Det var Gammel - Västergårdsmor Ida Danielsson, som bodde i vänstra sidan av huset och Fina, som var svägerska till Nystumor som jag skrivit om tidigare, samt hennes dotter Adelè Berglund, som bodde i högra sidan av huset. Dom kom inte alls överens, Ida - mor var petig och tyckte om att ha städat och snyggt medan Fina och Adelè aldrig städade.

Fina var litet enkelspårig och hade fått Adelè på den tiden hon var i Vänoxa och tjänade piga. Vem fadern var blev väl aldrig utrett, men alltid hörde man att det var husvärden på stället hon tjänade, som hade utnyttjat henne. Adelè var nog klok och hade varit i stan och tjänat piga och som husa på Käla gård. Men då mamman inte alls kunde ta vara på sig, skickades det efter henne för att hon skulle komma och ta hand om mor sin.

Det blev det just inte mycket av, då Adelè inte hade någon som kommenderade sig så blev inget gjort. Hon gick omkring i byn och skulle hjälpa till med olika arbeten, bl.a. tvätt, städning, mjölkning o. dyl. För det fick hon mat och kanske någon bit hem till mamman med. Men hygienen var det nog dåligt med. Därför var grannen Ida jämt arg, det luktade illa från Fina och det hjälpte inte hur mycket Ida än skällde och höll efter dem, dom lydde inte.

Till sist måste gårdsvärdinnorna börja gå dit en gång i veckan och städa och tvätta upp Fina, som ibland gjorde i sängen också.

Men så dog Fina och Adelè hade ingenstans att ta vägen. Då fick hon en tomt av Lisslars och stockar av bönderna och så byggdes ett litet hus åt henne. I dag är det Alice Gustréns bastu. Adelè började elda och städa på skolan och fick en liten lön för det. Dessutom gick hon som förut kring byn och fick en matbit här och en kopp kaffe där.

Men Ida Danielsson, som var änka efter Backa – Anton, hon höll rent och fint både ute och inne. Jag var ibland där med Margareta, Ida var hennes farmor. Då fick vi se på fina saker som hon hade fått från Amerika, hon hade en dotter som bodde där. Hon hade redan då en konstgjord julgran som stod under en glaskupa. Och fina album med vackra kort fick vi titta försiktigt i. Hon hade det väldigt snyggt och städat även om hon bara hade ett rum. Sängen stod fint uppbäddad med vitt, virkat överkast och rena mattor hade hon på golvet. Men man tyckte inte om henne, hon såg alltid arg ut och vad värre var, hon var argsint också. Alltid var det något hon gnällde om. Hon gick alltid omkring i en lång svart kjol och tröja och någon sorts märkliga skapelser till mössor med lappar för öronen.

Inte tyckte barnbarnen mycket om henne heller.

Hon hade för vana att gå upp till gården och slå ihop händerna i förskräckelse över hur där såg ut, ostädat och ganska råddigt.

Jerusalem, Jerusalem, sade hon och så gick hon därifrån.

I Västergårds bodde Theodor och Lydia med sina åtta barn. Theodor var son till Ida och Anton och hemma från Västergård, Lydia var från Galtarby i Västanfjärd och hette Söderman som flicka.

Theodor var postförare och Lydia var sömmerska, därför låg det alltid trådar och tygbitar omkring överallt. Alltid var där andra ungar också, ingen såg snett på en fast man sprang ut och in där. Jag vistades mycket där eftersom min bästa vän Margareta var hemma där. Kerstin var äldst och fick sköta djuren och mjölka.

Kalle var följande i ordningen, men han fick lungsot och dog. Sen kom Harry, som fick arbete i Tammerfors, men han blev inte gammal heller. Han fick tbc i hjärnan och dog.

Hedvig var följande, hon for till Helsingfors för att bli modist, Lydia hade en syster som hade hattaffär i stan. Följande barn hette Martin och han for till sjöss, likaså Henrik som var följande. Margareta och Erik gick i skolan med mig, Margareta en klass över och Ecko på samma klass.

Theodor var annars snäll, men han tyckte om starkvaror och då blev det bråk. Lydia satt mest och sydde och sjöng. Hon var inte av den hushållskunniga sorten. När det fanns mat i huset var det bara att ta av förråden, men sen fick det sugas på ramarna. " He si ja tåo ifrån binkan å he si ja tåo ifrån binkan å bäst de va så va binkan toum". Det var ett talesätt i byn. Men roligt hade vi där och snälla var dom.

Det gick så ledsamt till att Lydia fick cancer i magen och dog. Ecko var väl bara 10 eller 11 år då.

Theodor började "hålla till" med Bergas Sofi från Kagskäla och hon flyttade till Västergårds. Kerstin, Margareta och Ecko for till Helsingfors och där blev dom. Senare, när Theodor hade sålt stället och gett pengarna till Sofi så dog han i lungsot och barnen fick ingenting. Ja, Martin fick en bit i Sunnanland så dom kunde köpa Bockbergshuset och flytta dit det så dom kunde börja vara här på somrarna. Bockbergshuset byggdes som kasern för militären under kriget, sen köpte Enbergs John huset och han och familjen bodde där tills Emilia dog och dom fick flytta till Ramsvik. Av honom köpte Martin och syskonen huset. Det om detta.

H:

I Västergårds har jag aldrig varit. Inte ens inne på gården. Både hus och trädgård var ganska så igenvuxna under min barndom och fortfarande. Huset såg i alla fall vackert ut, det lilla man såg av det och jag tänkte alltid på Törnrosa. Mamma berättade ju mycket om hur de hade haft det på Västergårds, så för mig blev det en saga.

Som somnade in. Visst kände man flyktigt dem som bodde där, men det var liksom inte på riktigt. Kanske mycket för att det inte fanns barn i ens egen ålder, aldrig någon som var med i simskolan eller på danser. Däremot hade vi mycket kontakt med de tidigare Västergårdsbarnen. De var ju vuxna, men tillbringade en hel del tid på Högsåra.

Där fanns flera hus och det var ganska spännande eftersom där bodde så många och alla hade helt olika familjer och vanor. Det var också många som bodde i det stora huset och de ägde sina rum.

Margareta och Saga fortsatte att vara väninnor i hela sitt liv.

Då jag skulle födas exempelvis, så var Anders till sjöss och det var adventstider och inga bra framkomster. Saga var tvungen att resa till Helsingfors i god tid och Margareta var liksom låtsaspappa för den nyfödda. Jag döptes förresten till Margareta, jag också, och det betyder pärla.

Margareta, som nog var en pärla, och Saga träffades ofta på somrarna och jag var ganska sur för att jag inte fick sitta med och höra på vad de hade att berätta för varandra. Sen skulle Saga följa Margareta hem genom skogen och mörkret, men de hann inte prata färdigt, utan sen följde Margareta Saga och så höll dom på.

Som barn lekte de och simmade dagarna i ända, troligen ofta just vid Västergårds eftersom gården ligger helt vid stranden. Flickorna Danielsson berömde varandra hejdlöst, som syskon ofta gör, speciellt då syskonen själva inte hör det. Eftersom de var ganska lika varandra utseendemässigt så var de väldigt vackra, allesammans.

Under ungdomsåren i Helsingfors var de mycket tillsammans, så de flesta berättelser jag hörde om den tiden handlade också om Margareta.

Kerstin, Martin, Hedvig och Margareta hade barn som ofta var på Högsåra om somrarna. Kerstin och hennes lilla familj bodde där ett antal år och då gick hennes Birgitta i skolan där.

Ibland också om andra som flyttat till Helsingfors.

Det var ju brinnande krig, fortsättningskriget, då Saga flyttade. Hon skulle gå på handelsskola och använda bara finska böcker, eftersom det inte alls gick att få tag i svenska just då.

Den lilla lägenheten där hon hyrde rum, fylldes allt mer och mer eftersom det ena huset efter det andra bombades och de som blev bostadslösa flyttade in hos någon de kände mer eller mindre. Slutligen var det väl bortåt ett tiotal personer som bodde i den lilla lägenheten och alla skulle sköta sin hygien i något litet tvättfat och äta och sova. I allmän bastu gick man förstås sådär en gång i veckan. Det var några par och andra ensamstående personer. Och Saga skulle också göra sina läxor.

Hon berättade alltid om den tiden som om det var frågan om ett äventyr, men äventyr har ju den egenheten att de blir roligare sen då de har blivit berättelser.

Resorna mellan Högsåra och Helsingfors var också ganska så strapatsrika, men i Helsingfors fanns ju goda vänner och de hade uppenbarligen roligt mest hela tiden.

Finska lärde sig Saga sådär, hon pratade ogärna finska om det fanns en chans att den andras kunde lite svenska, men om inte, ja då fick hon ju ta till finskan i alla fall.

Saga trivdes bra och stannade i Helsingfors tills hon småningom gifte sig och strax därpå fick mig. Fast hon var ju på Högsåra så ofta hon hade möjlighet. Mina föräldrar gifte sig 30 augusti, min far blev myndig 6/9 och jag föddes 28/11. Så på den tiden gick det undan!

Och pappa var en Högsåra– pojke, som hade vuxit till sig på sjön. Han var ju 2,5 år yngre än Saga, så hon hade väl inte sett honom riktigt tidigare. I skolåldern tittar man ju mer på de "stora" pojkarna.

Men också de små växer upp och allt ställer sig plötsligt annorlunda.

Storöras

Då jag tänker på Storöras som det var förr, kommer Gammelmommo Andretta i tankarna.

Hon var starkt förknippad med barndomstiden.

Andretta Söderström, gift med Storöras Anton, hette Börman som flicka och var hemma från Vänoxa.

Hon kom som tjänarinna till Storöras efter att ha arbetat på Sagu Sandö. Det har hon själv berättat om.

Hon fick skjuts hit med någon från Väno Bergs, Ivar vill jag minnas att han hette. Nog om det. Hon hade inga pengar att betala med, men det löste hon.. "Ja va ett riktit flogstoup, så mamma sa, då jag for bort, att ja int sku kom heim me en litn undi armn", berättade hon.

Hon var tjänarinna i Ers någon tid innan hon började i Storöras, men det talade hon aldrig om.

Däremot har andra berättat att Ersn "tog efter" henne och det sågs ju inte med blida ögon av värdinnan på gården, Ers Tilda..

Men sen kom hon till Storöras och det blev fästfolk av Anton och henne.

Anton var minsann inte Guds bästa barn efter vad jag har hört, men Andretta sa aldrig ett ont ord om honom. "Han var nätt med", sa hon.

När Anton och hon hade förlovat sig, for dom hem till Vänoxa för att berätta den stora nyheten.

"Mamma, hon bleiv så till se att hon tog sängen när ja had fått så fin fästman".

Så blev det giftermål och dom bodde hos svärföräldrarna ett tag. Andretta jobbade som obetald piga åt dom, inte gav dom stället ifrån sig heller. Men till sist tog Andretta mod till sig och gick till svärfar och frågade om hon inte kunde få ha en säck mjöl och baka eget bröd åt Anton och sig. Då sa svärfar:" Ditt e ditt och mitt e mitt, du ha vari snäll länge redan."

Så fick Andretta och Anton eget hushåll och småningom gården. Andretta var en mycket duktig arbetsmänniska och hon kunde allt möjligt.

Förutom alla sysslor som hörde ett jordbruk till på den tiden, vävde hon mattor, dukar, gardiner och tyg till kläder. Men allra först vävde hon mattor åt dom själva, för Backa Tilda, som var en syster till Anton, hade tagit allt med sig då hon gifte sig till Backa. Ännu som gammal vävde hon gärna mattor, åt oss i Ströms vävde hon trasmattor till golven där.

Hon var alltid glad och mot barn var hon både snäll och rolig att prata med. Det bästa var att hon talade med barn som med vuxna, allt möjligt berättade hon och skrattade så magen hoppade. Hon hade haft kopporna som barn och var koppärrig men inte tänkte man på det. Hon hade så snälla ögon.

Hon hade barn från andra byar inackorderade hos sig när de skulle gå i skola här. Och fastän vi sprang ut och in och säkert inte torkade fötterna ordentligt, sa hon aldrig något. Inte såg hon förargad ut heller, fast vi sprang genom hennes kök av och an.

På somrarna hade hon rum uthyrda åt professorns, det var professor Qvist och hans rivjärn till fru.

Andretta var säkert idealisk som sommargästvärdinna. Hon tyckte nog att professorns var förmer än alla andra, och det tyckte nog "Proffsorskan" också.

Andrettas dotter Julia, som jag numera minns med glädje och litet saknad, var inte alls så snäll och möjlig av sig då hon var yngre. Då var hon alltid arg för något och hade att anmärka på allt och alla.

Men som änka och ensamboende på lillstugans vind blev hon så glad och snäll och vi hade mycket roligt, hon och jag då vi satt och pratade.

Hon gifte sig ganska ung med Arthur Örnell, eller Karlsson som han hette på den tiden. Han var från Åland och släkt på något sätt med Julia. Han hade som ung varit på besök med sina föräldrar i Storöras. Julia var då bara en liten flicka, han var tio år äldre. Han hade skojat och sagt att när hon blir stor ska han komma och gifta sig med henne. "He ska bli, he" hade Julia svarat och så blev det. Dom fick två barn, Svea och Sven.

Sven gick i skola i Mariehamn och skulle bli ingenjör, men det blev nu inte så.

För Svea hade väl föräldrarna tänkt sig ett "bra parti" att gifta sig med, men hon förälskade sig i Lindholms Arne från Rövik. Han for omkring på danser och spelade dragspel. Hit kom han paddlande i en kanot och pappa Arthur sade "det blir fint kanotväder i kväll, Svea" och hon svarade "ja, och paddlanväder".

Men dom var inte glada i Storöras och inte blev dom gladare då Svea började vänta barn. Dom måste låta henne gifta sig sen med sin Arne. Det var krig och han var vid fronten. Hon blev sjuk och fick lungsot, som man sade på den tiden. Hon fick sin flicka, Kristina, men sen måste hon in på sanatorium och där dog hon.

Arne kom hem från kriget och bodde en tid i Storöras med Kristina, men sen for han hem till Rövik igen och Kristina blev här för att gå i skola. Sen for hon också härifrån.

Sven hade under tiden gift sig med Linnéa och börjat få barn. Trygve, Siv och Anna – Lena kom alla med ett och ett halvt år emellan. Kristina hade varit van vid att vara den enda i morföräldrarnas värld och nu kom det en hel hop till så det började skära sig mellan dem. Linnéa påstod att Kristina var elak mot i synnerhet Trygve. Men, som sagt, då skolan var slut for hon. Arthur var lots och skötte gården dessutom. Inte så att han gjorde något själv, dom hade alltid dräng som gjorde arbetet, men han såg till att allt blev gjort. Och ingenting fick göras slarvigt. Allt var nog i perfekt skick så länge han skötte det., men det går på många sätt. Inte var Sven och han alltid överens, men Sven gjorde på sitt sätt och därmed jämt. Sen när Linnéa övertog postsysslan och det började komma regelbundna inkomster blev allt lättare.

Barnen skulle gå i skola och det gick åt pengar hela tiden, men det blev i alla fall lättare då hon hade egen lön. Tyvärr hann hon inte njuta någon pensionärstillvaro, hon fick cancer och dog. Sven däremot hann få pension efter sin maka och började resa till Åland och bo där vintertid. Men han har också gått ur tiden. Han hade dåligt hjärta och hittades död en dag då alla hade varit borta.

Nu är det Trygve med sin Gunilla och deras dotter Jenny som härskar på Lillbacka som det officiellt heter.

H:

På Storöras hände en hel del äventyr. På en liten ö är man ganska så hänvisad till de kamrater som finns och det var vintertid inte så många. Och då vi blev större blev vi ju ett slags sommargäster allihop eftersom vi gick i skola på annan ort. Men samtidigt fanns det en samhörighet varken tid eller avstånd har kunnat helt förändra.

Ett förfärligt äventyr inträffade då Anna Lena fyllde antingen sju eller åtta år, vilket minns jag inte så noga. Det viktiga var att hennes födelsedag inträffar 3 juni och då är både kor och kalvar ute, glada och spralliga.

Jag hade fått en ny klänning, vit med rosor på. För en gångs skull en klänning jag tyckte om! Vita skor och halvstrumpor hade jag också. Vid något tillfälle skulle vi leka ute, möjligen burken eller kurragömma. Anna Lena föreslog att vi skulle gå och titta på kalvarna, som gick i sin hage nedanför huset. Det ville jag gärna, men då vi kom till hagen såg kalvarna väldigt stora ut. Jag undrade försynt om det var säkert att de inte var arga, och det försäkrade Anna Lena att de inte var.

Vi kröp genom taggtråden och traskade in i hagen, men då kom en tjurkalv farande emot oss med huvudet sänkt och hornen i vädret. Anna Lena vände och sprang och jag efter så fort jag kunde. Och halkade ner i diket då jag kröp under taggtråden.

Min kalasklädnad var inte riktigt lätt att känna igen efter det gyttjebadet.

Som tur var kunde jag gå till Mommo. Hon tvättade mina kläder och putsade av skorna och gav mig något gammalt att klä på mig, så jag var räddad. Men den födelsedagsfesten glömmer jag aldrig.

En annan födelsedag firades med maskerad och det var lyckat hela festen igenom. Inga gyttjebad.

Innan vi började i läroverk läste vi finska med Linnéa. Jag vill minnas att jag gick dit en gång i veckan och så pluggade vi en timme eller ett par. Då jag kom till Hangö där jag skulle gå i skola, hamnade jag i den situationen att min morbrors fru, Irma, inte kunde svenska överhuvudtaget, så jag lärde mig finska på nolltid och Irma lärde sig svenska.

Då vi var ungdomar var det ofta så att vi samlades hos "flickorna" innan vi drog iväg på dans åt ett eller annat håll. I början av den perioden försökte sig Anna Lena och jag på att säga våra föräldrar att den andra minsann fick fara på dans hit eller dit, men vi lyckades inte så bra. Telefonen var nämligen uppfunnen och mammorna störtade sig på den illa kvickt. Småningom blev vi ju ändå så stora att vi fick följa med på danserna. Så mammorna hade rätt i att vi hann med det senare.

Barnen Örnell gick i skola i Åbo och bodde på internat där och på så sätt kom vi att träffas mest bara på somrarna. Åboland och Nyland hade sportlov på olika tider och Julen gick fort.

Vilken skillnad mot dagens ungdomar som kan umgås på nätet. Och gör det. Deras kontakter håller sig på ett helt annat sätt och tar inte så lång tid att uppdatera då man träffas igen.

På min tid visste man ingenting om vad som hade hänt de andra sedan man träffades senast. Litet nervöst var det många gånger.

Då man kom tillbaka efter loven visste man inte säkert om man hade en pojkvän (det hade man) och inte vad han hade pysslat med på egen hand. Hangö var ju en livlig sommarstad.

Och inte visste man hur det hade varit för de andra i gänget man träffade på Högsåra. Fast där hade man ingen pojkvän. Däremot kom det en och annan besökare som det var intressant att bli bekant med.

Men något konstigt är det med tiden. Under en dag kunde hända nästan vad som helst och en vecka var en hel evighet. Därför känns det fortfarande som om dessa barndomsvänner har en helt egen plats i ens hjärta. Men det är så länge sen, trots att det känns nära då man tänker på det.

Numera är det Jenny och hennes Anders som styr på Lill-Backa, som gården egentligen heter. Två fina barn har de också och en blomstrande rörelse med båthamn, bastu och pub nere vid stranden.

Söders

Söders, som är närmaste granne till Västergårds kommer väl i turen nu. Det skulle finnas massor att skriva om dem, men jag skriver bara vad jag tycker att jag måste.

Vi hade inte så mycket kontakt ditåt, trots att grannsämjan var någorlunda bra mellan oss och dom, men t.ex. Västergårds och Söders drog aldrig riktigt jämt.

Till saken hör att Söders´n, John Larsson, var nämdeman och vid alla upptänkliga tillfällen hotade han med att stämma i synnerhet Västergårdsfolket, både barn och vuxna, till tinget. "Jag ska stämma er till tinget", hördes allt som oftast när det var någon konflikt på gång. Och det var det ofta.

Visserligen gjorde han inte det, vad skulle han väl ha haft att komma med i tinget? En unge som hade skrattat åt honom då han kom sjasande med ett par gamla stövelskor ombundna med järntråd?

Nåjo, han var alltid arg för något, men ingen brydde sig egentligen om det. Någon gång då Västergåln var full hade han kört förbi deras fönster och dragit ner byxorna och klappat sig där bak, hörde jag berättas. John Larsson var gift med Helmi, som kommit till gården som tjänarinna, men som sedan blev fru Larsson.

Hon var mycket arbetsam och duktig och stack inte under stol med det heller.

Dom fick fyra barn, Rolf, Tyra, Tora och Wolf. Alla var hemma och arbetade på gården ända tills kriget kom.

Helmi tog också hand om sin bror Turcs dotter när hon som nyfödd blev moderlös. Hon bodde där ända tills hon gick i skriftskola i Helsingfors. Hon gick i skola på Högsåra och det gjorde hennes halvsyster också under krigsåren.

Då hamnade pojkarna, som dom kallas än i dag, ut i krig. Rolf kom till östgränsen medan Wolf på något underligt sätt hamnade i koncentrationsläger i Tyskland. Dom kom ju tillbaka, men då hade fadern dött och Tora gifte sig till Olla. Så sedan skötte Helmi och Tyra och pojkarna stället framöver. Det gick med ilska och svordomar. Tyra skulle städa och tvätta åt dem allihopa och någon hjälp fick hon inte. Småningom blev hon sjuk och fick cancer i underlivet och hade mycket plågor innan hon fick dö. Sen blev det nu så att Helmi skötte om sina pojkar praktiskt taget tills hon dog. Hon låg väl ett par dagar och så gick hon bort två dagar före julafton. Hon var nästan 88 år men hon följde med sin tid och var humoristisk hela sitt liv. Då hon blev gammal blev hon också krokig, men hon gick i alla fall i potatislandet och skojade om att hon hade krok färdigt på ryggen så hon behövde inte böja sig.

Hon var slagfärdig och kvick i repliken. En gång då forstmästare Hoffström skulle gå över viken undrade han om han kunde göra det eller om vattnet skulle gå över stövelskaften. Han hade en pump med, som han skulle lämna någonstans. Helmi svarade: "Ja sir att forstmästarn har pump med så de e bara ti pumpa om de sku gå över stövelskaftena.".

Efter Helmis död blev pojkarna där och det är som det är med dom.

H:

Då "pojkarna" blev ensamma, gick det till en början ganska bra. Wolf började baka och han köpte frysboxar och frös in både kakor och bullar.

Samt fisk och andra förnödenheter. Allt utan att i någon högre grad paketera in det. Det som eventuellt blev kvar efter ett kafferep slängde han tillbaka i frysen.

Rolf och Wolf hade varsin av allt.

Varsin TV, video, magnetofon, kylskåp o.s.v.

Småningom blev det dock allt svårare för dem att klara sig, särskilt som Wolf fick en hjärnblödning och blev halvt förlamad. Det var många som gick där och hjälpte dem och det var väl inte alltid så enkelt med den saken heller.

Hygienen var det inte lätt att sköta, eftersom det inte fanns några bekvämligheter. De hade inte kommit sig för med att skaffa sig varsitt WC och duschrum, tyvärr. Men - nu är de båda döda och den helt renoverade gården står tom och övergiven. Årligen kan sökas stipendier, jag tror det var för studier i teknik och juridik, från en fond i brödernas namn.

Och på deras gravar växer stormhatt.

Svantes

En bit uppför backen ligger ett hus som förr i världen kallades för Svantes, helt enkelt efter herrn i huset som hette Svante Söderström.

I det huset bor nu Göta och Åke Jansén.

Då bodde Svante, som egentligen var hemma från Storöras och Hilma som var från Söders, där.

Svante var kofferdieskeppare och det vet jag inte riktigt betydelsen av, han fick vara befälhavare på skutor av en viss storlek efter vad jag tror. Han var den som var byggherre i alla fall, och ett ståtligt hus lät han bygga åt sig och sin Hilma. Dom fick inga barn och jag hörde att han hade sagt till folk som drev med honom om den saken, att han var glad att han hade fått kucku att pissa med. Han benämndes ibland elakt för Käring – Svante för att han trivdes bättre tillsammans med kvinnfolket på exempelvis kalas o. dyl.

Han hade ett litet apotek hemma där man kunde få köpa Hoffmans droppar, mixtura, hostdroppar, värkpulver m.m. Han hade också Danska Kungens bröstsocker och Anisdroppar. Det var gott.

Men sen hade han alla möjliga vatten, det var bor – och blyvatten och något som kallades för slagvatten. Och så hade han Sloans liniment, som luktade förfärligt, men skulle vara bra mot reumatism, sades det.

Ofta var man skickad dit på ärende, och både han och Hilma var snälla.

Dom hade en fosterpojke där också, Karl Grönroos hette han och ansågs vara litet enkel i huvudet, men nog klarade han skolan lika bra som andra ungar.

Hilma fick cancer och dog före krigsvintern och Svante blev på isen inte så länge efter. Kalle fick bli dräng i Storöras, och där var han tills Sven tog över, tror jag. Han är nog död för länge sen också han.

Bredvid Svantes fanns Söders Idas. Där bodde Ida, som var syster till Hilma och gamla Söders´n John Larsson. Hon var lomhörd, och ungarna på södra sidan av byn tyckte om att springa efter henne och dra henne i kjolarna eftersom hon inte hörde att de kom. Söders beskyllde ungarna för att ha knuffat till henne så att hon föll och att hon sen fick lunginflammation och dog av den orsaken. Jag vet inte hur det var, hon var nog gammal och slut, tror jag.

När jag tänker på dem som bodde där i backen så blir min lärarinna Juno Bredenberg följande i ordningen.

Hon var hemma från Hangö och hade bara haft en tjänst innan hon kom hit. Här blev hon till sin pensionering och ännu efter det kom hon hit och hälsade på. När vi hade varit stygga i skolan fick vi alltid höra hur snälla barnen hade varit i Sorjos i Karelen. Det var där hon hade varit en tid innan hon kom hit.

Jag tyckte nog om Lärarinnan, som vi kallade henne, jag. Men så var jag ju Gullgris, sa dom som var avundsjuka. Det var inte sant, jag hade lätt för att lära och behövde inte just läsa läxor. Jag fick låna av hennes privata böcker, och ofta då hon hade varit bortrest, fick jag ofta någon ny bok av henne. Jag fick sköta blommorna åt henne om somrarna då hon var bortrest och om vintern fick jag elda medan hon var borta så att inte allt skulle frysa.

Men det var nog många som var arga på henne och sa att hon var orättvis. Det vill jag inte gå in på, det här är nu bara mina egna hågkomster och uppfattningar.

Det finns säkert lika många åsikter om henne som det fanns elever åtminstone.

Hon hade sin systerdotter, som hette Asta och sin brorson, som jag tror hette Tor, boende hos sig och de gick i skolan här. En tid hade hon också en tjänsteflicka som hette Rauha.

En vinter bodde en av mina klasskamrater, Gertrude Andersson, hos henne.

Jag kommer också ihåg hur lärarinnan kom med mig på lantbruksklubbens fester, så att jag skulle få delta. Jag hade fina produkter och fick alltid pris för någonting.

Ibland var vi till Hitis, ibland till Västanfjärd och Dragsfjärd och en gång var festen här på Sunnanland.

Då övade Lärarinnan ett teaterstycke med oss fastän hon var sommarledig.

Hon övade också teater med DUV innan det kom teaterinstruktörer.

Jag minns henne med tacksamhet.

H:

Min far däremot minns inte Juno Bredenberg med riktigt lika stor tacksamhet. Hon kunde tydligen vara väldigt orättvis och nästan direkt elak mot elever hon inte tyckte om. Och Anders tyckte hon inte om. Inte heller hans familj.

Själv har jag ett minne av en liten gumma med grå knut på huvudet och ganska så sträng uppsyn och klädd i simkostym. Det var väl så att hon kom till Högsåra om somrarna och eftersom hon var en inbiten simmare så skulle hon naturligtvis i vattnet.

En gång i världen hade någon av sommargäst - professorskorna försökt få bort Lärarinnan då Professorn skulle komma ned till bryggan. Juno lät sig inte tryckas ned så lätt.

"Då hoppas jag professorn har sett en simkostym förut",
sade hon och plaskade vidare. Professorn i fråga hade
kanske rentav riktigt smak för simkostymer, vem vet?

Men Saga och Lärarinnan tyckte bra om varandra och
Saga som hade en ständigt frånvarande far och två
småbröder skulle nog inte ha kommit iväg till
Lantbruksklubbens fester för att visa upp sina produkter
om inte Lärarinnan hade hjälpt henne.

Söderströms

Från "Söder" går jag nu vidare mot "Norr", som de olika
sidorna av byn benämndes. Först skall jag ta itu med
Söderströms, numera kallat Engbo.

Där bodde Elsa och Johannes Söderström med sina fem söner och enda dottern Greta. Pojkarna hette Hans, Nils, Bengt, Max och Kurt. Kurt dog tidigt, han var bara litet över 50 år då.

Johannes var äldsta sonen i Övergårds, men gården gick inte till honom utan till yngsta brodern Hjalmar.

Johannes var lots och Elsa var ursprungligen hemma från Rosala Nissas och hon var utbildad lärarinna. Hon vikarierade ofta om Juno Bredenberg var bortrest och vi var alla lite rädda för henne. Hon hade en mörk, forskande blick.

Alla hennes pojkar, utom Kurre, hade slutat skolan innan jag började.

Hans gick i skola uppe i Uleåborg och fortsatte i Tekniska läroverket och utbildade sig småningom till maskinmästare. Hans gifte sig med en Hangöflicka, som hette Mary och de fick tre döttrar: Birgit, Christina och Carola. Birgit började skolan här, men sedan flyttade familjen till Hangö. Hans och Mary skilde sig och Hans gifte om sig med Taimi. Hans och Taimi blev våra närmaste grannar då Hans byggde sig ett hus på den tomt Ekeboms tidigare hade bott på medan Alfhild skötte Telefoncentralen. Christina och hennes man Arvid har också byggt ett nätt litet hus på samma gård.

Nils var i militären många år, först värnplikt och sedan vinterkriget och fortsättningskriget. Han var väldigt snäll, men blev märkt av kriget för resten av sitt liv. Han gifte sig aldrig, men kom ofta hem på semester.

Bengt blev sjuk i början av kriget och behövde inte vara med så länge. Han var alltid glad och jag tyckte mycket om honom. Han kom alltid ihåg att fråga om man ville med när han tog båt för att fara till danser eller så. Han kom också och dansade med mig som var ung och grön och inte alltid kunde dansa och inte alltid blev uppbjuden heller. Han hade sällskap med en flicka som hade tjänat i Gamlas, Ruth Nyman hette hon. Sen kom en flicka från Nyslott. Hon hette Raija och kom till pensionatet för att arbeta och lära sig svenska. Hon var väldigt söt och eftersom vi jobbade på samma ställe blev vi goda vänner. Ruth blev hemskt arg, för Raija blev förtjust i Bengt och han blev väl också litet kär i henne. Men – sommaren tog slut och Raija for hem till sin stad och Bengt for till Sverige. Där gifte han sig med en svensk flicka som hette Barbro. De fick inga barn.

Max gick i mellanskola i Åbo och blev senare maskinmästare. Också Max var med i kriget och blev sårad av granatsplitter. Han gifte sig med Ann – Maj från Hitis och de fick en dotter, som heter Vivan.

Kurt och jag var klasskamrater och satt ibland i samma bänk också. Vi var också tillsammans i skriftskolan. Efter något år på sjön började han i Navigationsskolan och blev lots här på Jungfrusunds lotsstation. Men så träffade han sin blivande fru Ragnhild från Rosala och hon var socionom och ville inte bo här. Alltså flyttade dom till Hangö och fick sen två flickor och två pojkar.

Greta som var yngst, utbildade sig till lärare och träffade sin Nils Sjöblom medan hon gick på seminariet i Ekenäs

H:

Elsa vikarierade ibland som lärare också då jag gick i skola på Högsåra. Hon var en mycket duktig lärare och

135

en underbar människa. Hon såg för all del ganska barsk ut, så ordningsproblem fanns inte med henne i katedern, men hon var väldigt snäll.

Jag tillbringade en hel del tid hemma hos dem tillsammans med Elsas barnbarn och Elsa och Johannes var de första som skaffade TV. Så man var också där och tittade på TV emellanåt. Följande person ut med TV – inköp var vår farfar John, så sen var vi väl mer där och tittade.

En sten strax efter Bättjis kallades för Johannes sten. Johannes satt nämligen ofta där och tog igen sig då han var på väg till eller från stranden. Johannes var också en snäll farbror som alltid hade ett vänligt ord till barnen.

Hans Söderström blev småningom vår granne och jag upplevde alltid att grannsämjan var väldigt god. Hans fru Taimi var också väldigt glad och vänlig.

Övergårds

I Övergård bodde Evert Söderström med sin hustru
Alexandra och deras många barn. I min barndom kallades
Evert Söderström för Gammel Övergål´n och han var
pensionerad lots.

Han var egentligen från Storöras och bror till Anton, som
var Andrettas man, och till Svante som kallades käring –
Svante och till Backamor Mathilda, som kallades Backa
Tilda. Nåja, det här var en parentes.

Evert hade gift sig till Övergårds. Där fanns nämligen
inga söner utan två döttrar, varav den äldre, Alexandra
fick gården.

Hon var hemma från Västra Nyland. Hennes föräldrar
kom hit med sina döttrar då de hade köpt Övergårds av
den förra ägaren, som var Ers Eriks pappa.

Den andra dottern, Stava, kommer jag inte ihåg, men det
byggdes ett hus åt henne i Ramsvik, i närheten av

Enbergs. Stavas kallas det än i denna dag av dom som kände till henne.

Evert var en mager gubbe, som tuggade buss. Jag minns inte honom så rysligt bra, han gick inte så mycket i byn och han dog nog redan förevinterkriget -39 till -40.

Han lär liksom sin bror Anton ha tyckt bra om starkvaror och han ska inte alltid ha varit så snäll mot sin lagvigda.

Många barn fick dom: Johannes, Evald och Hjalmar var sönerna och döttrarna hette Ofelia, Olivia, Xenia, Valborg och Karin.

Evald kände jag inte alls. Han var sjökapten och gift i Helsingfors. Dom hade inga barn och båda är döda.

Hjalmar var länge ungkarl och han gick till Gunhild i butiken och friade där, men så kom Karin hem med en arbetskamrat från Eira sjukhus där dom jobbade som barnmorskor.

Det var ett "passligt parti" och Gunhild blev utan kavaljer (fast han lär nog ha sprungit där ändå sen).

Nåja, Miriam blev Hjalmars brud och installerade sig som bondmora och dom tänkte sig nog några små efterföljare också, men det blev inte så.

Miriam var alltid snygg i kläder och frisyr och hon skötte första hjälpen här i byn. Hon var för det mesta glad och förnöjd, utom när det skar sig mellan henne och Jalmari, som hon kallade honom. Då skrek hon och domderade så det hördes långa vägar ut i byn.

Och han gick och muttrade, sin vana trogen. Han var inte precis glad och sällskaplig av sig, utom när det var fest. Dom var nog för omaka för att det skulle slå väl ut. Men dom höll ihop till slutet i alla fall. Hjalmar fick Parkinson och dog några år före Miriam. Hon dog i gungstolen där hon satt. Linnéa skulle gå in och hälsa på henne och då var hon död.

Efter det såldes gården till familjerna Roiha och Santavirta eftersom ingen i släkten ville ta över.

Ofelia gifte sig med Backa Konrad och blev fru Jansén

Olivia var gift med Fredrik Wahlroos. Han dog tidigt, men dom hade två barn, Urban och Yrsa.

Xenia var lärarinna i Dragsfjärd. Hon hade inga barn.

Valborg for till Holma och gifte sig med Mellangårds Runar. Dom hade två barn, Lars och Margaretha.

Karin var ogift till sin död och inte hörde man talas om några kavaljerer heller.

Johannes har jag berättat om tidigare, så honom skriver jag inget om nu.

Gamlas

Nästan mitt emot Söderströms fanns och finns fortfarande Gamlas gård. Där bodde lotsålderman John

Alborg med sin hustru Sally och barnen Anders och Stina. I Lillstugan bodde Janne och Erika Alborg. Jag minns knappt Janne, som egentligen var döpt till Johan. Han dog 1935 i cancer. Men någon gång var jag skickad dit i något ärende och då var han mager och skinntorr. Erika däremot var ståtlig och såg bra ut med sitt silvervita, lockiga hår. Hon var mycket noga med att det skulle nigas djupt för henne, annars blev det tillrättavisning. Jag neg tydligen tillräckligt bra, för mig sade hon aldrig till.

Det ryktades att hennes Janne hade varit litet svår på annat kvinnfolk och att det t.o.m...resulterat i ett barn med någon i Dalsbruk.

Senare har jag fått veta att det inte bara var rykten.

Själv beskrev Erika sig som en kysk kvinna, som alltid hade underkjolen på sig då hon sov med Janne. – Nå, det må nu ha varit hur som helst med den saken, fyra barn fick dom i alla fall om det så var med eller utan underkjol. Tre pojkar, Thure, Volmar och John och en dotter, Thyra.

Erika dog hemma av ålder och trötthet år 1950. Hon var då 88 år. Thure gifte sig med en Lydia från Norrlångvik och fick tre barn som alla dog unga. Dem kände jag inte.

Andra sonen, Volmar, som var gift med Alma, lärde jag känna i Åbo då Anders gick i Navigationsskolan och vi bodde där. Då var Volmar pensionerad sjökapten och dom bjöd oss ofta till sig på söndagsmiddag. Volmar var förresten den enda som önskade mig välkommen till släkten, som han uttryckte det. Det tyckte jag var så gulligt att jag aldrig har glömt det. En del möbler fick vi också av dem när vi skulle bosätta oss i Åbo för en vinter. Dom hade fem barn: Alvar, Folke, Kurt, Karin och Inger.

Thyra var gift med Paul Lindroos, som också var sjökapten. De bodde också i Åbo men bjöd oss aldrig till sig och vad dom än hade för kalas så var vi aldrig bjudna.

Då det blev tal om att förstora deras del på "Öjen" dög det dock plötsligt att bli bekant med oss och det var ett "Faster Thyra" både hit och dit.

Thyra och Paul hade barnen Majbritt, Göran och Cristina. Alla bekanta.

John kom hem och tog över gården. Honom kände jag inte så mycket som barn. Det var först senare, då jag fick honom som svärfar som vi blev närmare bekanta. Han var inte en sådan där glad typ som exempelvis Johannes, som kunde börja prata och skoja med barn ibland.

Sally, som John var gift med, hette Rancken som flicka och betraktades som litet finare än andra. Hon hade varit föreståndare på posten i Dalsbruk när John fick tag i henne. Sen skötte hon posten här. Hon var liten till växten och hade ett väldigt tjockt och vackert hår som hon alltid bar välfriserat. Vackra kläder hade hon också och var en glad och positiv människa.

Hon hade det litet besvärligt efter vad jag hörde, hon fick flera missfall och så stod det inte länge på innan hon var i omständigheter igen tills hon blev för gammal. Hon var väl 35 – 36 år då Stina föddes och ett år senare kom Anders. Sen blev det inte flera barn. Dom hade tjänsteflickor och någon drängpojke, så inte behövde hon gå i kohuset eller göra andra tunga hushållssysslor, men det var mycket arbete med posten på den tiden. Aldrig fick hon vara ledig, semester var inte att tala om. Ville hon ha ledigt fick hon själv skaffa ersättare och betala den. Jag var där många gånger och vikarierade för henne då hon var bortrest.

Tyvärr blev hon sjuk och var helt beroende av andras hjälp de sista åren av sitt liv. Hon var 70 år när hon dog. Farfar, som vi kom att kalla John, fick leva frisk och duktig tills han blev 88 år. Då hittade dom honom i ladugården där han hade fått ett slaganfall. Han fördes till Åbolands sjukhus men vaknade inte mer. Så blev Stina och Erik kvar på Gamlas med sina söner Mats och Måns.

H:

Numera har Gamlas blivit "världsberömt i hela Finland". Mats och hans fru Ylva driver nämligen Farmors Café i gamla lillstugan. Som nu är renoverad med varsamt grepp. De har två döttrar, Amanda och Alexandra, som är i samma ålder som mina barn Cesilia och Antti så de har haft mycket med varandra att göra.

Mats och Ylva har också byggt om övre våningen på Gamlas till hem åt sig själva. Däruppe fanns tidigare rum som mest hyrdes ut till sommargäster då de inte användes av den stora skara släktingar som förekom på Gamlas, speciellt sommartid. Ovanför trappan fanns ett slags hall. Där tyckte jag om att sitta och titta på gamla saker. Där bodde exempelvis dockan Mildred, som jag absolut skulle ha behövt. Detta trots att jag nästan aldrig lekte med stora dockor. Jag tyckte om dockskåpsdockor (eller dockhusdockor som vi alltid sade). Pappersdockor älskade jag. Särskilt dem jag ritade själv och klippte ut.

Men, Mildred skulle jag ha behövt. Farmor Sally sa att det var Stinas docka som inte hon kunde ge bort. Det tyckte jag var en fånig anledning. Stina var ju vuxen, vad skulle väl hon med dockor till? Där fanns också en stor sminkask, klädd med gult siden. Där fanns väldigt rött läppstift och rouge och puder och jag vet inte vad. Den skulle jag egentligen också ha behövt, men jag fick inte den heller!

Farmors Café är helt underbart och har expanderat från år till år. Numera har familjen ganska många anställda under högsäsong och "alla" känner till Farmors.

Förr i världen, efter Jannes och Erikas död, bodde det släktingar också där. Bl.a. bodde Volmar Bergs son Alvar där med sin familj några somrar. Titti, Nanne och Stefan hette barnen. Titti eller Christel, som hon hette på riktigt, var stor. Så hon räknades inte precis som lekkamrat. Nanne var också större än vi och väldigt söt och snäll. Han kunde göra en massa konster, som att gå i limbo genom vår stege med ett körsbär i naveln!

Måns och hans Barbro har två pojkar, Marcus och John, och de bor av och till i f.d. Gamlas rian.

Rian stod i backen nedanför skolan och var verkligen ett klassiskt exempel på en gammal ria. Byggd av präktiga stockar, grå av ålder och väder och vind. Som liten var jag litet rädd för att gå där förbi om det var mörkt. Det var vi alla ungar, förresten. En enda gång minns jag att vi smög oss in i rian, men vi var snabbt ute igen. Trots att absolut ingenting hände.

Bakom rian kunde man sitta och tjuvröka. Fast det kunde man å andra sidan nästan överallt. Men så plockades den ner och uppfördes i ett väldigt moderniserat skick på Gamlas gård. Då var vi alla redan vuxna.

Amandra och Bee gick i skola i Söderlångvik och Dalsbruk ända fram till gymnasiet men Måns familj flyttade till Pargas så deras pojkar Marcus och John gick i skolan där.

Bee är väl ett lite skojigt namn, många trodde att Alexandra skulle döpas till Beata, efter Beatastugan som Stina vurmade för och rustade upp under de åren då bl.a. Amanda och Alexandra föddes. Dessutom finns det ett underförstått förhållande mellan A och B. Åtminstone i Alfabetet. Så blev hon kallad Bee och det namnet faller sig väldigt naturligt för många av oss som känner henne sen hon var en liten Bee, trots att hon nu har blivit en vuxen och elegant Bee.

Nu har Amanda en liten dotter som heter Sally. Och Erik dog samma år lilla Sally föddes.

Örså

Från Övergårds är steget inte långt till Örså. Om jag börjar med gamla Örsåmor, Agda Örså, så bodde hon i lillstugan och var änka. Hennes man kommer jag inte ihåg. Agda - mor var hemma från Kasnäs Kobergs och syster till Nystu Anna.

Barn hade dom många: Gösta, Astrid, Dagny, Tor, Margaretha och Kurt. Gösta gifte sig med Edna från Kasnäs och dom blev husbondfolk på gården. Fyra barn fick dom, Stig, Maj Gret, Johan och Stina.

Agda var en rund och gladlynt liten gumma, som hade lätt för att skratta. Hon blev mycket gammal och bodde i många år hos Dagny innan hon dog och hon var nog säkert 90 år då.

Astrid var gift med en Holma Mellangårds son, Georg Sjöberg. Dom hade två döttrar, Gunborg och Gudrun. Dagny var först gift med en bror till Konrad Jansén, Georg Jansén hette han. Honom kommer jag inte ihåg, han dog ung i lungsot. Dom hann i alla fall få fem barn, men tre av dem dog som barn. Lisa levde dock länge och Evi, som var yngst och skolkamrat till mig, levde till 20 – årsåldern. Evi var tre år äldre än jag och väldigt snäll och glad.

Tor blev sjökapten och gifte sig med Märta. De fick två barn, Ulla och Sten. Ett av de många husen i Örså backen är Tors.

Margaretha gifte sig med Ednas bror Louis Sandell och dom hade en adoptivson, som heter Kurt.

Kurt Örså blev lots och hittade en fru åt sig i Tolkis. Hon heter Svea. Kurt och Svea har inga barn.

Stig gifte sig med Ulla Boström från Rosala och hon blev senare pensionatsvärdinna här på Högsåra. Dom har barnen Bernt, Folke och Ulf. Bernt och hans Tina var under många år, medan deras egna barn var små, lärare i Rosala och Uffe har Högsåra Pensionat.

Maja gifte sig med Sven – Olof Hellström, som var maskinmästare. Dom har barnen Ylva och Peter. Maja har ett litet hus uppe i Örså backen och Ylva är gift med Mats Enberg, son till Anders syster Stina och hennes man Erik.

Johan gifte sig med Birgit Eriksson från Dalsbruk och dom har övertagit både butik och gård. Dom har döttrarna Susanne och Marika.

Stina är gift med småkusinen Ralf Jansén och dom har köpt Backa gård. Dom har två pojkar, Kennet och Stefan.

En som också hörde till Örså – gänget var pensionatsvärdinnan Ellen Mattsson. Hon var svägerska till Agda och det var två svägerskor som verkligen kom bra överens, det. Ellen var mycket omtyckt som pensionatsvärdinna och hade stamgäster som kom år efter

år. Hon bemödade sig verkligen om att dom skulle ha det
bra enligt den tidens pensionatsliv. Sitt hus
testamenterade hon till Kurt och där bor han nu med sin
Svea. Fast först byggde dom en bastu där dom bodde så
länge Ellen levde.

H:

Under en kort period av min uppväxt fanns det butik
både på Örså och Isaksons. Isaksons butik var den som
försvann först, men den hade också funnits mycket
längre. Sen var det Örså lanthandel som var Butiken.
Många av byns ungdomar sommarjobbade på Örså butik,
bl.a. min bror Bengt. Där lärde han sig slå in paket
väldigt vackert.

Ofta träffades man vid butiken sådär på dagtid. Man
köpte glass och satt och hängde medan man väntade på
att något skulle hända. Småningom hände alltid så
mycket att det blev kväll och man kunde söka sig till de
träffpunkter som fanns vid de olika tiderna.

Jag tror förresten att det var i salen på Örså jag såg film för första gången, men jag är inte säker. Det kan också ha varit på Sunnanland. Där var mer plats men ganska kallt även om man eldade duktigt i förväg och det fanns präktiga kakelugnar.

På den tiden, det var före TV:n, lånade eller hyrde man en eller ett par filmer och så samlades alla från hela byn för att titta.

Filmerna var oftast Chaplin eller Helan och Halvan, men en gång visades "Den siste mohikanen" och det glömmer jag aldrig. Då startade mitt livslånga intresse för Amerikas urinvånare.

Nybyggars

I Nybyggars bodde Ture och Alexandra, kallad Sandra, Fredriksson. Barnen hette Karl Erik, Linnéa och Bror Gunnar.

Ture var lots men också en mycket flitig jordbrukare. Sandra hade sommarpensionat med ganska många gäster, som mest kanske ett 50 – tal. Tjänsteflickor hade dom också, men det var inte så gott att vara Sandra till lags.

Ture var snäll, men den som jobbade för honom fick nog gå an som en skottspole för att duga. Själv hade han aldrig tid att stå stilla.

Då han blivit pensionerad blev han sjuk och var till doktorn. Jag var med samma dag och hörde hur doktorn förmanade honom, men efter alla förmaningar frågade han om han inte fick "hugga hemved i alla fall"?

Han hade samma fel som många idrottare får, hjärtat började växa och tryckte på lungorna så att han inte fick luft ordentligt.

Han var alltid ute i god tid så att då Linnéa hade varit hemma och skulle till Åbo med morgonbussen brukade han starta klockan fem. För att hinna ro om motorn skulle strejka.

Sandra var ett riktigt rivjärn.

En gång var det sykurs i hennes sal och hon hade lovat att vi fick sy på hennes maskin. När lärarinnan sen bad mig gå och sy på maskinen så gjorde jag det, men Sandra kom, ilsken som en myra och skrek att jag väl ändå kunde ha haft vett att fråga om lov i alla fall. Och mycket annat liknande.

Men duktig arbetsmänniska var hon. Och mat var hon förstås duktig på.

En gång var det varmt i potatistiden och då fanns ju inga kylskåp, så köttet hon skulle ha till potatisupptagarna hade surnat. Sandra hade i tomatpuré för att blanda bort smaken. Vid bordet sa hon att "jag satte på lite tomater så det sku bli pikantare". Enbergskan –Emilia- var med och sa: "Jo, ja måst säj att du ha fått de pikant nu. Hihi". Och spark under bordet i grannens ben.

Det var så pikant att det blev diarré för hela slanten och potatistagarna fick springa till skogs turvis.

Karl – Erik gick i skola i Åbo och blev båtbyggnadsingenjör. Han var inte alls hemma, så jag kände honom överhuvudtaget inte innan han började komma hit med sin familj på somrarna. Under kriget var han på Örö och det hörde man en hel del om men han flyttade till Sverige sen och allt blev småningom glömt.

Linnéa var servererska på deras pensionat sommartid och vintertid var hon i Åbo och hushållade för pojkarna. Bror Gunnar gick i mellanskola och det var meningen att han skulle överta gården och bli lots här, men han dog i Frankrike efter att ha opererats för blindtarmsinflammation.

Senare gick Linnéa på vävskola och öppnade en affär i Åbo. Den gick inte så bra, så hon började småningom arbeta på Wiklunds, där hon stannade till pensionen.

En tid var hon i Helsingfors medan jag var där, och då umgicks vi en del. Hon hade sällskap med Storöras Sven och han hade rentav friat till henne. Hon ville i alla fall jobba några år först då hon hade blivit färdig vävlärare. Det passade dock inte friaren, utan han friade i stället till Linnéa på Apoteket i Dalsbruk och där fick han "ja", men Nybyggars Linnéa förblev ogift hela sitt liv.

Här vill jag samtidigt nämna den som vi kallade "Gamla Nybyggen". Han hette Anton Fredriksson och var far till Ture, Ivar. Fredrik, Sofi och Lydia. Han var ganska åderförkalkad och gick omkring och pratade för sig själv och tuggade buss. Sofi hushållade åt honom. Hon var tystlåten och stillsam av sig. Hon dog inte så länge efter fadern. Anton hade varit lots, och han var bror till gamla handelsman Fredriksson, gemenligen kallad Fritto. Ivar var sjöbevakningsman och gift med Hilma, Fredrik var också sjöbevakare och gift med Alie. Båda paren var barnlösa. Lydia var gift med Arthur Gustrén och värdinna på Lisslars.

Fredrikssons butik

I Fredrikssons fanns en butik, det var Gustav Adolf Fredriksson, bror till gamle Nybyggen, som hade handelsbod.

Han kallades allmänt för "Fritto". Man ville som barn alltid gå dit och handla, för han gav karameller i stället för procentlappar. Procentlapparna skulle sparas och räknas ihop vid årets slut. Då fick man ta ut varor för summan, jag tror det var 2%. Då kändes det väl bättre att ge några trasiga karameller i handen i stället. Åtminstone tyckte ungarna det.

Hemma var dom inte så glada över att man gick dit, han ansågs vara lite snuskig. Han förvarade exempelvis silltunnan och sirapstunnan på tuppen. På den tiden fanns inga hälsovårdsnämnder. Dessutom ansågs han lite suspekt, det viskades om att han var bög, fast det visste inte jag vad det betydde

Före mina hågkomster hade det hållits ting där, men det var som sagt före min tid. Han bjöd gärna in pojkarna i byn för att supa och spela kort. Han hade en hushållerska som hette Olga och hon stannade kvar också efter hans död. Han dog knall och fall, antagligen hjärtslag eller något dylikt, han var fetlagd och tyckte om vällevnad. Men det värsta var att Erika Gustavsson, som hade varit där och tvättat honom och gjort honom i ordning inför kistläggningen, dog en vecka senare i något som sades vara likförgiftning. Hon hade haft ett sår på handen, sades det.

Fredriksson fick en storståtlig begravning. På hans gravsten i Hitis kan man läsa "Här vilar handlanden och riddaren osv." Han hade nämligen fått Finlands Vita Ros och tyckte sig därmed vara riddare.

Efter honom började brorsonen Ivar och hans fru bedriva handel. Hilma var ärlig, men Ivar ville hellre att affärerna skulle gå bra

Ett exempel: Det hade kommit bröd med turbåten och någon kund frågade om det var dagens. Det var ganska klart att det inte kunde vara "dagens" eftersom de inte hann fram hit med den tidens förbindelser. Hilma bröt ganska mycket på finska och hon sa "nej, te inte vara tagens". Men Ivar sa "Jo, nog är det dagens", men Hilma stod på sig och sa att det inte var det. För att få slut på onödigt prat sa Ivar "Hör du int att telefon ringer, gå svara du". Och så vart det dagens bröd.

Olga skötte butiken då de var i stan om vintrarna, men sen gifte hon sig till Rosala och butiken blev stängd vintertid.

I husets övre våning sommarbodde Fredrik och Alie. Båda paren var barnlösa, så Karl Erik fick ärva huset som han sedan sålde till Pylvänäinens. Då fick det namnet Villa Cecilia.

En sommar jobbade jag också på Fredrikssons butik. Då var Hilma ensam, Ivar var ute på en mintrallare och sökte minor. Vi hade gris också, som jag vaktade. En släkting till Hilma, Jurola, bodde också där och det var riktigt roligt. Under den tiden gjorde jag mitt livs, åtminstone hittills, enda Kalakukko. Den blev god.

I det röda huset uppe på kullen mellan Örså och Fredrikssons bodde Erika Gustavsson. Hon hade två söner, Eden och Volmar. Volmar var far till Inga, som har huset nu. Hon är gift med Ingemar Löfgren och har tre döttrar. De bor alla i Sverige men är oftast här sommartid.

I Ers villan bodde gamla Ers´n som vi kallade honom.
Han hette något som Gilius eller Gidius Söderström. Han
var hemma från Vänoxa och morbror till Gamlasmor.
Han hade fört ett vidlyftigt leverne efter vad man hade
hört berättas. Det sades att han hade supit upp två gårdar,
Stor Ers och Övergårds.

Men jag minns honom som en argsint gubbe som satt i
sin glasveranda och tuggade buss.

Han hade en kista färdigsnickrad åt sig och det berättas
att han litet emellan skulle ha någon med sig upp på
vinden så att han fick prova kistan.

Hans son Konrad, som han hade från första giftet, bodde
i Korpo. Sonen Erik från andra giftet bodde med honom i
huset på kökssidan och själv bodde han i salen.

Erik var gift med Hildur, som var hemma från Sibbo.
Hon kallades jämt för Sibbopojken av sin svärfar. Erik

hade varit till sjöss i sin ungdom, men han tyckte alltför mycket om starkvaror, så han blev hemskickad.

Han högg ved i skogen och i skolan klabbade han ved en tid. Sedan ordnades det så att han fick gå i Navigationsskolan och så blev han först lotslärling och sedan lots.

Om honom är historierna många. Han var envis och tyckte om att strida om allt möjligt.

Storörn lär vid något tillfälle ha sagt att "du sku va en bra kar du, men man sku borda byta huve på dej".

Då Hildur hade beställt tid åt honom hos tandläkaren, hade han sagt, då dom satt och väntade på sin tur, att den som har ärende kan gå in. Själv hade han inget ärende dit.

Någon hade undrat om han hade tandvärk, och då sade han att "om dom börjar värka i lådan där dom ligger så tar jag måkarn och slår sönder dom".

Han kunde aldrig börja använda sina löständer, han var på det sättet envis på fel sätt.

En tid kokade Hildur munkar och de var himmelskt goda.

Gammelers´n dog under krigsåren och Hildur och Erik hade inga barn. Hildurs systerdotter Elvi vistades mycket där och alla trodde att de skulle få ärva, men i stället kom Konrads dotter som ärvde allt. Hon sålde ändå sen till Elvis familj.

Hildur fick cancer och dog efter en kort tids sjukdom och Erik kom aldrig över det. Hon for och lämnade mig, sade han vid flera tillfällen. Han dog själv ganska snart. Han var väldigt noga med att ta hand om Hildurs blommor och katten var hans sällskap. Den fick man inte ta bort trots att den började stritta inomhus.

H:

Sandra minns jag också, hon umgicks lite med Eine, Mommo. Jag minns att hon hade en mörkblå basker och en ljus vindtygsjacka. Den var väldigt spänd och välpackad, Sandra var en omfångsrik dam.

Två av Löfgrens döttrar har barn i samma ålder som mina och de har alla varit goda vänner sen de var ganska så små och fortfarande.

Niklas och Antti fantiserade i ungdomen om att bli flygare och sjökapten och genomförde sina drömmar. Inte illa!

Fredrikssons har blivit Villa Cecilia och det är nu någon ur familjen Enberg som äger huset och där ordnas en massa olika verksamheter sommartid. Exempelvis har det hållits en mängd ridläger där. Och hästarna och ridtjejerna har varit ett härligt inslag i bygemenskapen.

Villa Cecilia döptes huset till av Seija Sisko och Anto Pylvänäinen som ägde det en tid. Då förekom det också ett visst sällskapsliv, tidvis ganska blött, i Villan.

Ers Erik och Hildur minns jag mycket väl. Erik såg väldigt bra ut fortfarande som gammal man och Hildur var en ganska frodig dam. De umgicks mycket med Olla Ernst och Tora.

På andra sidan av Villa Cecilia byggde min lillebror sitt första hus. Platsen heter Nyåkern och där spelades det fotboll i vår barndom.

Nu byggdes det i alla fall ett hus och snart nog ett till, eftersom Bengts dåvarande fru hade hand om posten. Merja är också mamma till Bengts söner Kim och Tom. Senare, då Bengt och Merja hade gått skilda vägar gifte hon om sig och fick en dotter som heter Saara.

Kim bor i Åbo med sin Camilla och de har en dotter som heter Adelia.

Nu bor Tomppa i Nyåkern och ser ut att trivas bra. Han är gift med Synnöve och de har en liten Erin tillsammans. Från tidigare har han en dotter som heter Noora.

Synnöves mormor hade varit sommargäst på Högsåra i hela sitt liv och en vacker dag hittade hon och Tomppas farfar varandra och gifte sig så småningom. Tomppas farfar är ju Bengts och min far Anders, som då hade varit änkling i flera år.

Tyvärr finns det ingen post på Högsåra längre och Merja bor inte heller kvar.

Bengt har en ny livskamrat som heter Gisela och hon har nu flyttat ut till Högsåra permanent. Och han har byggt sig ett nytt hus vid stranden mitt emot Killingholm.

FOLKRÄKNINGSDIKT I FEBRUARI 2011

DET FINNS EN Ö I SKÄRGÅRDEN

HÖGSÅRA HETER DEN

DÄR BOR EN SKARA MÄNNISKOR ÄN

OCH JAG SKALL BERÄTTA VEM

I NÅGRA FÖNSTER LJUS JAG SER

I MIN BARNDOM VAR DE FLER

FRÅN SÖDER BÖRJAR RÄKNINGEN

DÅ JAG NORRUT TAR MEJ HEM

CLARA O PEKKA PURANEN

HAR BYGGT KULTURENS BO

MORGONSOLEN VÄCKER DEM

EFTER NATTENS LUGN OCH RO

SÅ KOMMER JAG TILL LENNARTS HEM

HAN ENSAM ÄR IBLAND

I FREDAG ÄR DE ÄNDÅ FEM

DÅ FÄRJAN KOMMER ILAND

I LINDBERGS KÖK BYTER LEIF EN PROPP

OCH TOINI HAR PANNAN VARM

GÅR MAN IN SÅ BJUDS EN KOPP

DET VÄRMER I MIN BARM

NU KÄNNS EN DOFT AV DJUR O VED

VID LILLBACKA JAG STÅR

JENNY, ANDERS OCH BARNEN MED

TILL GUNILLA O TRYGVE GÅR

OCH ALFHILD I SITT STORA SLOTT

HON VÄNTAR PÅ EN KUNG

MEN HON BEHÖVER INT´ HA BRÅTT

HON ÄR FÖR EVIGT UNG

HOS LINDBORGS ÄR DET LJUST IGEN

FRÅN SIN RESA NÅGONSTANS

HAR PIRKKO O KARI KOMMIT HEM

NU GÅR VINTERN SOM EN DANS

FRÅN GRANNENS HUS HÖRS BARNENS GLAM

FAST PÅ ETT ANNAT SPRÅK

EN FAMILJ PÅ FEM HAR VUXIT FRAM

I GUNNARS RÖDA KÅK

I GAMLAS BOR JU ENBERGS MATS

MED YLVA, FRUGAN SIN

OCH ERIK MED STINA OCH SIN KATT

HAR SOPAT TRAPPAN FIN

ÖRSÅ KULLEN MITT I VÅR BY

DÄR MÅNGA BYGGNINGAR STÅR

BIRGIT O JOHAN SIN STÅTLIGA VY

BEUNDRAT I MÅNGA ÅR

STIG OCH ULLA I SIN TRÄDGÅRD

DE BYGGT ETT PARADIS

DÄR TUSEN VÄXTER FÅTT SIN VÅRD

SYNS NU BARA SNÖ OCH IS

NYÅKERN HETER EN PARCELL

DÄR TOMPPA O SYNNE BOR

IBLAND OCKSÅ EN FLICKA SÅ SNÄLL

VEM ÄR HENNES FARFAR MÅN TRO

ANITA O JULLE SJÖFOLK ÄR

DOM HAR FLERA HUS ÄN ETT

MEN DOM BOR PÅ STRANDEN DÄR

DE HAR ALLTID HAVET SETT

FRÅN NÄBBIS SKORSTEN RÖK JAG SER

AGNETA KOKAR MAT. HON KIKAR UT

OCH GLATT HON LER

TUR MAN HAR NYTT TAK

JAG TITTAR IN TILL MITT FÖRÄLDRAHEM

EN MAN SKRIVER MINNEN NER

MINNEN SEN HAN FYLLDE FEM

DET ÄR MIN FAR JAG SER

GRACY VILL INTE GÅ UT I DAG

MEN HON VILL HA TRAPPAN REN

SÅ GÅR HON ÄNDÅ UT ETT TAG

MEN BÖRJAR FRYSA OM SINA BEN

MIN NÄRMASTE GRANNE ANNI ÄR

HON MATAR EN FÅGELSKOCK

I HÖSTAS ÅT DE HENNES BÄR

MEN FÅR ÄNDÅ NÅNTING GOTT

DÅ JAG KOMMIT HEM STÅR GISELA DÄR

JAG SA ATT JAG VET DET NU

HON FRÅGADE DÅ HUR MÅNGA VI ÄR

O JAG SVARADE TRETTIOSJU

Denhär dikten skrev Bengt för närmare tio år sen
och tyvärr är många borta av dem hand då
räknade med.

Lisslars

I Lisslars lillstuga bodde Lisslarsmor, Hulda Gustrén. Hon var syster till Storörasmor Andretta, men dom liknade inte varandra särskilt mycket. Lisslarsmor var mera bestämd av sig och inte alls så gladlynt som Andretta. Hon hade väl inte alltid haft det så bra, det sades att gubben hennes hade tyckt om brännvin, men honom minns jag inte alls.

På själva gården, Lill – Ers, bodde sonen Arhur Gustrén med sin hustru Lydia och barnen Gösta, Alice och Berit.

Småningom byggde Alice en stuga i Adeles backen, tomten var ursprungligen från Lisslars så de fick slutligen tillbaka den. Själva Adeles är numera Alices bastu. Båda flickorna var sjuksköterskor.

Berghäll

Närmaste granne var Berghäll där Elias och Astrid Julin bodde med sina barn Bjarne, Bengt och Agneta.

Elias var maskinmästare och sällan hemma, så honom kände man knappt innan han blev pensionerad. Då började dom bo på Vädernäbb, där dom hade byggt hus åt sig.

Bjarne har varit styrman, Bengt blev farledsskötare och Agneta har arbetat i Ekenäs. Bjarne var gift med Marja och de hade två döttrar, Rhea och Berit.

.Bengts fru heter Anita och dom har barnen Ulrika och Henrik och Agneta har Gregor och Lotta. Agnetas man kände jag aldrig.

Backa

Backa gård, som nuförtiden står tom, beboddes när jag
var barn av Backamor, som vi kallade henne.

Matilda Danielsson hette hon, jag vet inte om hon
ändrade sitt namn till Jansén, men jag tror inte det. Hon
var änka och hade överlåtit gården åt Konrad och Ofelia
Jansén, men var nog med i allt som skedde i alla fall.
Hon var hemma från Storöras och således syster till
Svante, svägerska till Andretta, syster till Evert i
Övergårds och svägerska till hans änka Sandra.
Svägerska var hon också med gamla Västergårds mor
Ida, som varit gift med Backa Anton och till Olga Alborg
som hade varit gift med Backa Fedde eller Ferdinand
som han egentligen hette. Hon kom inte så bra överens
med sina svägerskor på Backa - sidan åtminstone och inte
lär hon ha varit god att tas med som svärmor heller.

Hon brukade gå omkring med varmbröd till släktingarna
och vi brukade också bli beskärda med ett bröd p.g.a.

någon släkting eller väninna som hon hade i Ölmos. Det sades att hon hade en särskild form som hon tog ut bröd med till dem som skulle få varmbröd. Den var liten och hade ett stort hål i mitten.

Jag vet inte om det stämmer, men så sades det. Sonsonen brukar åtminstone berätta att hon var snål med smöret när han var där på dagsverken som barn.

I julhelgen brukade hon i alla fall bjuda släktens och några andra barn på julkalas eller om det var julgransplundring. Jag hann också vara medbjuden en gång.

Backamor lär ha varit rädd för att dö om hon skulle somna när hon låg sjuk. "Om ni ser att jag ska ti somna ska ni skuff i me", lär hon ha sagt. Men det hjälpte inte, till slut dog hon i alla fall.

Hennes son Thure och hans fru Greta bodde om somrarna i det som var ämnat som lillstuga, Tilda flyttade aldrig dit.

I Villa Jansén bodde Konrad och Ofelia Jansén med sina barn Åke, Britta och Olof, kallad Olle. Konrad var lots och det var från början inte mening att han skulle bli bonde också. Det var Georg, en yngre bror, som skulle bli bonde, men han dog i lungsot. Han var gift med Dagny från Örså och bodde i det som kallas Bäckis (eller numera Bättjis). Dom fick fem barn på en tre, fyra år. Där var två tvillingpar som dog i späd ålder och så Lisa.

Konrad och Ofelia var kusiner och det sågs inte riktigt med blida ögon att dom hade "ställt till det" så att hon var med barn. Dom fick gifta sig, men sen gick Konrad till sjöss och var borta i fem år. När han kom hem kände sonen förstås inte honom. Åke har själv berättat att då det blev kväll hade han sagt åt Konrad att "nu får du gå härifrån för Mamma och jag ska gå sova nu".

Nå, dom blev väl bekanta så småningom, men Åke var nog av den meningen att hans far hade varit både sträng och häftig till humöret. På äldre dar var Konrad och Ofelia i alla fall väldigt för varandra och överens.

Åke gick till sjöss och gick i Navigationsskolan. Han blev sjökapten och lots, senare lotsålderman. Han gifte sig med Göta och flyttade till Björkkulla, som tidigare kallades Svantes.

Ofelia var den som dog först och då var Konrad redan sjuk och dog kort därefter. Britta gick på Folkhälsan och blev barnsköterska, men flyttade i alla fall hem igen för hon trivdes bäst där.

Olle övertog gården, men nu är både Olle och Britta borta och Åkes son Ralf har övertagit gården. Han är gift med Stina från Örså och de har två pojkar som kan fortsätta sen, så därvidlag ser det bra ut.

H:

Olle var väl alltid som en litet busig gosse. Han var rolig att prata med och väldigt snäll. Britta såg alltid ut som en flicka med glada ögon och spänne i håret. Fast äldre och äldre. Hon hade alltid många historier att berätta och gjorde det på ett väldigt skojfriskt sätt.

Olle hade en snöscooter han tyckte om att köra med och sommartid naturligtvis moped.

Då var det väldigt populärt att köra snöscootrar. Delvis säkert för att alla vintrar var vargavintrar på den tiden. Det började snöa lagom till jul och så låg snön kvar till slutet av mars ungefär. Det typiska för slutet av februari och början av mars var isande kalla nätter och solvärmt takdropp på dagarna. Väldiga istappar som man inte fick suga på. Men naturligtvis gjorde man det ändå.

Scootern gav en helt ny frihet. Man kunde ta sig fram utan vägar. Inte var det så noga om man körde litet på fyllan heller. Visst kunde man köra omkull, men oftast hände inget allvarligt. T. o. m. jag har kört i diket med snöscooter. Och lyckades på något sätt ta mig upp också. Det var verkligen väldigt roligt att köra omkring på isarna, en snöscooter går ju riktigt fort. Och på den tiden var man inte så medveten om miljöförstöring heller. Numera har fyrhjulingarna tagit över som fordon på Högsåra. Både gammal och ung flänger omkring, särskilt under lågsäsong.

På den tiden var det snöiga vintrar med isvägar till Dalsbruk. Väldigt spännande att kunna köra bil fram till trappan om det behövdes. Givetvis fanns det litet prestige i vem som först körde över fjärden och med vilket fordon.

En gång var det min pappa Anders som var först över med två sparkkälkar. Han skulle hämta mig hem på jullov, så jag fick ta den andra på hemvägen och sparka efter honom men på lagom avstånd. Isen var grön och klar och man såg alla växter genom den när man sparkade iväg från Kagskiäla – stranden. Men längre ut var ju vattnet så mycket djupare så isen verkade mer normal. Men litet rädd var jag nog.

På somrarna var det danser på någon holme varje veckoslut och också äldre ogifta herrar for omkring från dans till dans. Det var Högsåra, Hitis och Rosala och sedan kunde man kanske däremellan fara till Dalsbruk till Apelholmen eller Furulund i Dragsfjärd om det inte råkade hända något i skärgården. Vardagskvällar var det Kasnäs bar som gällde.

Olla

På Olla gård bodde under hela min barndom och in på ungdomstiden också, Ernst Julin. Han var lots till yrket, hade varit till sjöss och stannat i Australien. Det berättade han gärna om. Han hade olika tjänsteflickor och så gick hans ogifta faster Selma där och höll uppsikt.

Ernst var en gladlynt man, som tyckte om att skoja med i synnerhet blyga flickor som t.ex. jag.

Han hade sällskap med Tora från Söders, det hade pågått många långa tider utan att det blev giftermål av. Till sist, när hon var i 35 – års åldern och han 11 år äldre, slog dom till.

Det blev ett hejdundrande bröllop på Sunnanland. Bruden hade ljusblå sidenklänning och var vacker som en brud skall vara.

Så flyttade hon in på Olla och där satte hon pli på både husbonde och grannar. Inget annat att göra än att lyda.

Kom inte husbonden hem kl. 11 då frukosten serverades, fick han veta att middagen var klockan 17. Så det var bara att vänta på det. Strumpor som hade hamnat på golvet slängdes bort utan prut. Tora som "trodde de skulle kastas bort eftersom de låg slängda på det viset".

Duktig var hon och tog i som en hel karl i jordbruksarbetet. Och snyggt och rent hade hon. Men inte var det alltid så "nådigt" att stå i stall med henne, kan man tänka.

Barn fick dom inte och det var ju synd förstås. God råd skulle dom ha haft och dom tyckte om barn, i synnerhet Ernst. Han var mycket med Elias pojkar då Elias själv alltid var borta.

Efter Ernsts pensionering köpte dom en lägenhet i Dalsbruk och började också resa mycket med pensionärerna.

Efter Ernsts död fortsatte Tora ännu en tid med detta, men då Volf fick blodpropp i hjärnan eller hjärnblödning, vilket det nu var, började hon koka mat åt bröderna och gick dit varje dag så att hon glömde bort att äta själv och ta hand om sig. Hon blev dement och levde sina sista år på Hanna – hemmet, där hon trivdes bra.

I Gammel – Olla bodde Julius Julin, Ernsts far, med sin hushållerska Margit Högman. Margit var syster till Elias fru Astrid.

Astrid och Margit var hemma från Bergön och Julius och Alma, som hans fru hette, tog hit flickorna för att få arbetskraft och flickorna fick gå i skola. Det hade dom troligen inte fått om dom hade bott kvar hemma.

Alltnog, Astrid giftes bort med Elias, trots att hon var förlovad med Axel Ström. Margit höll Julius för sig själv då han blev änkling. Så kunde man göra den tiden.

Efter Julius död blev Margit för en tid hushållerska åt apotekaren i Dalsbruk, men då hon fick folkpension kom hon tillbaka till Högsåra. Hon bakade väldigt goda brungräddade limpor som hon sålde och bullar och kakor bakade hon också till försäljning åtminstone sommartid. Hon bodde där tills hon en dag blev sjuk och togs in på Bäddavdelningen i Dalsbruk.

I det huset bor nu Krister Julin om somrarna. Han är son till den tredje brodern, som hette Birger. Birger var sjökapten och bodde i Helsingfors med sin Hardis och barnen Birgitta och Krister. Sommartid var de på Högsåra och då bodde dom i det som kallades Emeleuses. Detta för att en doktor Emeleus alltid bodde där tills han och Gammel – Ollarn blev i strid. Själva huset var egentligen lillstuga på Olla, men Julius gillade inte att bo så påvert, så han lät bygga en ny villa åt sig.

Selma, som ju var Ernsts och hans bröders ogifta faster som jag nämnde tidigare, hette Serén i efternamn och inte Julin som de andra. Hon bodde i ett rött litet hus vid stranden, Selmas kallades det och något annat namn har jag aldrig hört, utom Sefas som Olla – pojkarna sade.

Hon hade höns och sålde ägg. Vi t.ex. var äggkunder hos henne.

Matvaror fick hon från gården och ved också. Hon betalade för sig genom att hjälpa till med arbetet förstås.

H:

Ja, Olla var ju våra närmaste grannar åt söder till. Vi var strängt förbjudna att över huvud taget gå in på Olla "sida" av taggtråden. Så där lekte vi aldrig. Varför det var så strängt vet jag inte riktigt, där fanns inte ens något vi kunde söndra, men det var kanske så att det var svårt att annars sätta gräns för hur långt man fick gå in på deras område. Och antagligen skulle det ha blivit "skälla" av om vi hade sprungit runt där?! Det var nog ingen av de andra ungarna i byn som lekte på Olla område heller. Annat än i skogen bortom Isaksons förstås, men det var ju skog, så det kunde ingen vara arg för.

Det hände sig ibland att vår familj blev bjuden till Olla på ett eller annat kalas, och det var minsann kalas som hette duga. Det fanns alltid minst tre "fyllda kakor" och så givetvis de sju andra sorterna. Allt skulle avsmakas.

I början var man väl rätt ivrigt i gång med detta smakande, men då det inte var frågan om särskilt små bitar, blev man småningom så mätt så man mådde illa.

Ernst var en ganska rolig farbror. Exempelvis hade han en (?) gång trasiga yllestrumpor, hälen stack ut. Någon av sommargästerna hade tittat lite långt, tyckte Ernst, som genast förklarade att läkaren hade förbjudit honom att ha ylle på hälarna. En annan gång förklarade han att det nog var bra att tvätta fötterna minst en gång i månaden, åtminstone sommartid.

Selma bodde fortfarande under mina tidigaste barndomsår i sitt lilla hus.

Selma var på det viset rolig att hon ofta stod helt tyst med en gräfta i handen bakom ett eller annat buskage om någon var ute på backen och pratade. Då hon hade hört tillräckligt började hon plötsligt hacka med sin gräfta väldigt ljudligt så man skulle förstå att hon var där och "hade hört". Detta var, som sagt, långt innan dokusåpornas tid.

Efter Selmas död hyrde Ernst ut huset till en familj från Helsingfors och deras son blev också en viktig del av vårt sommargäng.. Tyvärr försvann han ur sikte då familjen köpte en villa på annat håll.

Norrut

I Bergbo, där vi nu bor, bodde Olga Alborg eller Olga faster som många kallade henne. Hon hade varit gift med Backa sonen Ferdinand Danielsson, som var fyrvaktare.

Dom byggde det här huset åt sig men fick det inte riktigt färdigt innan han dog. Troligen i lungsot.

Så blev Olga faster ensam. Hon var duktig på att laga fin mat så hon hade ryssar att både bo och äta här. På det sättet fick hon väl någon mark att leva av.

Hon var mycket sjuklig och hade astma och allt vad det nu var.

Mat fick hon från Gamlas och eftersom hon var faster till Gamlas´n skötte han om att hon fick vad hon behövde. Får och höns hade hon och hon var också litet sykunnig, så hon fick väl in någon mark den vägen med.

Farfar fick sen ärva huset vi senare köpte av honom.

Anders brukar berätta att hon tyckte om barn och när släktens barn var där fick dom klä ut sig och hon lekte lekar med dom.

Adele, som gick här och hjälpte henne, brukade berätta att Olga alltid dukade så snyggt åt sig också då hon var ensam. Allt skulle vara på skilda fat och assietter.

I huset närmast intill, där Hans och Taimi senare byggde sin sommarvilla, bodde Anna Larsson. Hon var hemma från Nagu eller Korpo och hade varit gift med Fingal Larsson, som var bror till Nerstu Signe och barnfödd i Nerstu.

Han deltog i en kappsegling på 1920 – talet och seglade omkull och drunknade någonstans förbi Kuggör.

Henne kommer jag inte så bra ihåg, jag tror hon dog redan före krigen. Hon var ganska rundlagd och hade kastanjebrunt hår.

Hon, såsom många andra ensamma kvinnor, hade skolbarn som inneboende. Hennes gudson, Söderströms Nisse ärvde huset. Så bodde Hans där en tid med sin första fru, Mary. Hon skötte telefoncentralen en tid efter att Sjöholms slutade. Då Mary hade flyttat tillbaka till Hangö, kom Alfhild och Nils Ekebom dit. Alfhild skötte centralen och Nisse blev kutterförare på lotsstationen.

Barnen Göran, Hans, Kaj och Dan växte upp här och for
ut i världen.

Dan sökte sig småningom tillbaka hit och blev
kutterförare också han.

Han drunknade tragiskt här i viken. Hans fru Eija väntade
då deras andra barn. Dom hade en dotter då detta hände.

Då hade Alfhild och Nisse redan flyttat in i gamla skolan.
Telefonen automatiserades och i och med det ville
Söderströms att dom skulle flytta. Han ville nämligen ha
tomt till hus åt sig.

Efter många svängar i långdansen fick dom köpa skolan,
men det var ett väldigt arbete att göra den beboelig.

Nisse hann bli pensionerad, men sen dog han knall och
fall på Sunnanland då Braxéns hade bjudit dit byborna på
fest för att fira deras lyckade köp av Annie och Arne
Janssons hus.

Följande hus efter vägen norrut var och är Isaksons, men då var där butik och där fanns nästan allt att få. Det var faktiskt en lanthandel, det. Den sköttes av Gunhild. Hon hade kommit hit från Västanfjärd för att se efter Isaksons barn. Arne och Anna Isakson bodde här till en början och skötte butiken själva. Barnen Göran, Rolf och Ulla bodde här när dom var små. Rolf kallades alltid för Offi.

Göran, som var äldst, hann gå ett par år i skolan här. Sen flyttade familjen till Dalsbruk och Gunhild fick sköta affären.

Bättre hade hon inte kunnat sköta den ens om det hade varit hennes egen.

Hon hade hur långa arbetsdagar som helst. Vid jultid kunde folk gå dit klockan åtta på kvällen och innan dom var klara kunde klockan bli både nio och tio.

Oljemagasinet skötte hon också om. Hon hade en stor tvåhjulad kärra som hon drog iväg med efter varor från postbåten. Hon var liten till växten och halt, så det var underligt att hon orkade

Men så dog Isakson helt oväntat. Dom hade varit här i byn på Kurt Örsås 50 – årskalas och då han kom hem dog han. Ingen av barnen ville överta butiksverksamheten, dom hade affär i Dalsbruk också. Allt såldes och Gunhild måste bo på det vi kallar Internatet en tid tills hon blev så dålig att hon måste in på sjukhus. Hon hade Parkinsons sjukdom.

Så är det en bra bit ner till Ramsvik där Enbergs bodde.

Gamla Anton Enberg, som var gift med Emilia, kommer jag bara svagt ihåg. Han högg ved på skolan, så då såg man honom förstås, han hade väl lungsot han också. Dom hade flera barn.

Ebba hette Lindqvist som gift och bodde i Sibbo. Hon hade Saga före giftermålet. Saga gick i skola här och var nog här under ungdomstiden också, men sen for hon till Sibbo och gifte sig där.

John, som var gift med Vivi bodde på Biskopsö före kriget, men sen kom dom hit och köpte Bockbergshuset där militären hade bott under krigsåren.

Så fanns det en son som hette Allan, han hade lungsot och dog ung. Jag såg honom bara en gång då jag olovandes gick dit med Saga.

Nisse minns jag nog, fastän han inte bodde här så mycket mer efter kriget. Han for till Pernå och gifte sig där.

Kalle, som gifte sig med Anne, blev vaktmästare på Internatet. Jan gick i skola i Dalsbruk tillsammans med vår Bengt, Dan Ekebom och Kjell Leander, men Ove fick till en början gå i Söderlångvik. Det här var då skolan här hade lagts ner. Hela familjen flyttade sedan till Hangö, där både Kalle och Anne fick jobb. Kalle hade stora problem med ryggen och var tvungen att sluta jobba. Dom byggde en sommarstuga åt sig i Ramsvik och började komma ut över helgerna. På semestrarna var dom också här förstås. Kalle dog i en hjärtattack på Annes brors 50 - årskalas i Kasnäs. Då Anne hade kuskat mellan Hangö och Högsåra några år, tog hon förtidspension och bor nu här året runt. Jan är i Hangö och Ove i Sverige.

Anna Enberg gifte sig i Dalsbruk med en Johansson och fick en son som heter Roger. Hon byggde också en stuga åt sig på samma udde och den används om sommarstuga.

John och Vivi flyttade från Bockberg till Ramsvik när Emilia hade dött.

Dom hade barnen Erik, Holger, Alvar och Gerda. John var fiskare och högg också ved åt bönderna. Han dog i cancer och sen blev Vivi boende ensam i många år tills hon flyttade till Hanna – hemmet där hon inte alls trivdes.

Emilia själv var en riktig krutgumma. Hon fick försörja hela familjen ibland, eftersom gubben hennes var sjuklig. Hon tvättade och strök åt sommargästerna och var kaffekokerska på alla stora kalas. Sydde byxor åt karlfolket gjorde hon också.

Hon var också sån att hemma hos dom fick det supas och då fick hon reda på mycket som inte annars skulle ha kommit i dagen. Hon var listig och kunde fråga ut folk utan att man förstod vad det var hon ville ha reda på. Av barn kunde hon ofta få veta ett och annat. Hon var nog en riktig skvallerkärring, men rolig var hon. Man kunde skratta sig halvt fördärvad åt hennes repliker. Välsedd i byn var hon förstås då hon kunde berätta hemligheter. Mager och skinntorr var hon men seg och uthållig. Men till sist blev det slut med henne också och en annan generation tog vid.

Vivi sade alltid att hon inte blev räknad för något eftersom hon inte sprang med skvaller utan sade rakt på sak hur det var. Hon var duktig på att sjunga psalmer och visor, jag tror hon kunde melodin på alla psalmerna. Renlig och snygg var hon, kom till potatislandet i rent, nystruket förkläde och inte blev det smutsigt under dagens arbete heller. Hur hon nu bar sig åt.

John, som vanligen kallades Jukka, var mycket för att skryta och bre på. Om man sa att han ljög blev han arg och sade "fråg´ åt Örså Kurt då, de va han som sa de"!

Han var nog arg på mig några gånger då jag hade sagt emot honom, men vi var mycket goda vänner innan han dog. Han låg ganska länge i cancer. Jag brukade gå dit och sitta och prata ganska ofta och han var alltid glad och bad mig komma igen.

På Fagerudd bodde Axel och Rosa Lilja.

Honom minns jag inte mycket av. I alla fall sa
Sunnanlandar´n vid något tillfälle till honom "Tu ska kall
de ti lilja tu, som mest liknar en maldergobbe".

Dom var väl litet på supa och kom i onåd med varandra.

Lilja var bror till Arthur Gustréns far och Rosa som kom
från Houtskär var svägerska med Lisslars gamla mor
Hulda. Axel och Rosa hade en dotter som hette Rhea.
Rosa hade också en dotter sen tidigare, men henne har
jag aldrig sett. Både hon och Rhea for till Amerika.
Sommaren 1939 var Rhea i alla fall hemma då flottan låg
här. Hon hade en kavaljer som hette Myllymäki och Rosa
berättade att sen då Rhea hade farit tillbaka till Amerika
och Myllymäki också var borta, han kanske omkom när
Ilmarinen förliste, så tände Rosa en cigarett som fick

brinna på spisen. Då tyckte hon att Rhea och Myllymäki var där och satt på vinden och rökte.

Det var nog inte så roligt att ha dottern på andra sidan jordklotet.

Rosa Lilja sålde sedan Fagerudd till Bergroths, som har haft det som sommarställe sen dess.

I Oxvik bodde Astrid och Georg Sjöberg. Georg var hemma från Holma, men hand fru var från Högsåra och syster till Nyholmskan och till Sunnanlands Isakssons fru.

Astrid var från Örså och syster till Tor, Gösta och Kurt. Dom bodde inte här så länge, innan dom flyttade tillbaka till Pargas där dom hade bott tidigare.

Georg dog långt före Astrid. Dom hade två döttrar, Gunborg och Gudrun. Gudrun blev lärare och hennes man Fjalar Ahlskog var också lärare i Kimito. Hon fick ärva Oxvik när Astrid dog och brukar bo där om somrarna.

I Särkilax bodde en gubbe som hette Vestin. Han var inskriven i Marthaföreningen för att få läsa Husmodern, som marthorna hade prenumererad och som cirkulerade bland medlemmarna.

Han hade nog döttrar och kanske söner med, men dom var alla borta då jag började minnas något.

En dotter som hette Hjördis minns jag. Hon hade en man som hette Georg. Han fick lungsot och dog och hon flyttade till Pargas. Huset sålde hon till en som hette Heinonen och var från Dalsbruk. Han dog innan dom hann börja bo där. Han var gift med en hälsosyster från Åbo. Hon heter Irma och dom hade en dotter, Heidi Riska.

Nu finns det några hus i Särkilax, bl.a har Måns byggt sig ett hus där.

I Kejsar - Finas backe har Bengt byggt ett hus åt sig och Casagrandes har också hus mellan Fagerudd och

Vädernäbb. Bengt hade ju först ett hus i Nyåkern, men det blev Merjas då de skilde sig.

H:

Nere i Ramsvik finns numera Lotsmuseet som Anders Alborg och Gunilla Örnell skapade. Naturligtvis hade de stor hjälp av många andra men de var nog de mest drivande.

Den gamla Paviljongen vid Ångbåtsbryggan har blivit sommarbutik och det är väldigt bra, både för bybor och för båtfolk. Om vårarna samlas alla i byn för att städa simstranden och göra i ordning inför sommaren.

Mina egna barn, Cesilia och Antti, har alltid trivts väldigt bra på Höghsåra och där har alltid funnits många kompisar.

Anttis sambo Camilla är förresten barnbarn till Bergroths på Fagerudd...

Mitt barnbarn Saga har också varit där och såg ut att trivas hon också.

Väg av sand och snö

Steg, så många steg. Barfota och i stövlar. Hovar och klövar. Tassar. Fin sand som dammade de torra sommardagarna grå.

Och den underbara doften av fuktig sand då det började duggregna efter en torr och varm dag.

Vatten i höstregnen. Pölar man knappt kunde ta sig förbi. Hästskit på snön, koskit i dammet.

Och alla steg. En oändlig vandring. Nätt trippande, tungt stampande. Linkande med värk i benen.

Vi kom hem tidigt.

En råkall, huttrande morgon. Många trötta morgnar och andra med glädjepirr i magen.

Från dansen eller var vi hade varit.

Nere vid stranden var doften av älggräs helt bedövande. Där växte också kvanne, smörblomma, rödklöver, rölleka.

Oftast började det redan ljusna och man småsprang. Då gick det genvägar över alla backar. Som inte heller hette backar utan tå.

Innebär att det var backe upp och backe ner. När man gick över backen vid Olla fick man passa sig för Olla Jack som gick där. Han hade en tung kätting löst hängande runt halsen och han hade en trevlig sovplats i en grop vid källaren. En gång sprang jag nästan på honom då han plötsligt reste sig i allt sitt majestät framför mig. Efter det blev jag försiktigare.

Jack var en häst, stor och kraftig och upphöjt ointresserad av människor.

Sedan vår väg. Fin sand, nästan bara damm, fortfarande fuktig av daggen. Över åkrar och ängar dansade dimmor eller älvor.

Vår väg. Den bytte färg och skepnad. Först var det tussilago och små violer vid vägkanten. Gräset var grönt, det var vår och syrenerna vid vägen bar små bladknoppar.

Så började alla andra blommor slå ut. Syrenerna blommade, men först var det hägg och rönn.

Nu har jag som vuxen varit på Högsåra några gånger tidigt på våren, men det var många år emellan. År då jag aldrig hann ut just på våren.

Hundloka, malört, blåklocka, allt växte där. Malörten med sin beska smak var min favorit. Jag tyckte om att gå och tugga på malörtsblad. Mommos Farmor hade varit en klok gumma och Mommo hade berättat om växterna för mig. Malörten skulle man vara försiktig med.

Småningom blev jag väldigt intresserad av läkeväxter och örter av alla de slag, men på denhär tiden rann

kunskapen över en som ett lätt duggregn som inte ens
blötte kläderna.

.

Solen kunde gå upp nu.

Utan att skingra dimmorna. Dedär morgnarna som
fortfarande var kväll. Eftersom man inte hade lagt sig.

Dagnys låg där, ett litet rött hus. Där bor Henrik Jansén
Storbacka nu. Och kallar det för Bättjis. Som det säkert
hette någon gång. Men på min tid hette det Dagnys.

Nu har hans son också börjat komma på egen hand. Men
då bodde ingen där. Storbackas bodde där Stina och Ralf
bodde och Stina nu ensam bor kvar.. Högre upp fanns
Backa egentliga gårdsbyggnad, men den var ganska
förfallen. Inte är den stort bättre nu heller. Bengt
Carpelan bodde där som sommargäst. Han var speciell
för han var fotograf. Dessutom var han väldigt populär
bland damerna.

Och damerna var naturligtvis sommargäster. Det var inte
så många av byns kvinnfolk som kallades damer.

Carpelan fotograferade. Skärgården och skärgårdsborna.
Han såg för det mesta glad ut och var klädd i svajiga
byxor och gummiskor. Det finns en hel del fotografier av
honom själv också.

På ena sidan vägen fanns åkrarna och potatislanden, på
andra sidan berg och en skogsdunge. Som en gång var
stor. Då allt var stort. Bortom åkrarna och dimman
skymtar Backa. Som nu har blivit Muminhus.

Tvillingarna Karlsson är jämnåriga med min Cesilia. Och
de blev en självklar del av sommargänget genast då
familjen hade köpt Villa Jansén.

Längre bort ligger Leanders. Ett litet hus där Erik
Leander bodde med sin Ena Gondola och sina fem
pojkar. Men Ena dog tidigt. Leander blev ensam med
sina pojkar. Småningom gifte han om sig med Gracy.
Som tog hand om alltihopa, trots att det inte är helt enkelt
att bli styvmor till en hel flock pojkar. Eller flickor heller
för den delen, men nu var det frågan om pojkar.

Som vi lekte. Varför minns jag vintrarna bäst? Var det för att sommaren förde med sig sommargäster och deras barn och allt blev mera utspritt å ena sida och å andra sidan fanns simskolan som en viktig bit som liksom drog ihop alltsammans.

Sommartid for vi förresten ut med Baby Doll så ofta som möjligt. På våra utfärder följde aldrig kompisar med. Kulturen med kompisar som kom och lekte och sov över fanns inte riktigt på den tiden. Senare, som tonåringar, hade vi ofta vänner boende hos oss. Det var flera år senare.

Men vintrarna.

Man skidade i backarna bakom Isaksons eller också var man på Lotsberget och skidade ner på isen. Det var roligt om det inte sältade. Om det sältade stod man på näsan då man kom ner till isranden.

Så åkte man kälke, t.ex. nerför vår backe. Bengt åkte en gång rakt in i grindstolpen och fick näsblod. Nerför Källarbacken vid skolan kunde man åka tåg. Det var väldigt spännande. Man satte ihop alla sparkstöttingar och så satt man på sin egen och höll fast i följande. Och någon Stor Pojke stod bakom och styrde.

En del småpojkars ärmar var jämt blanka. Av snor, som de strök av på det som fanns närmast till hands. Ärmen.

Så skulle man pröva med tungan mot järn. Bara så försiktigt att man inte fastnade. Men man fastnade. Jag hade sett det hända, så jag aktade mig. Tills jag en gång stod och sög på min skidstav. Som hade en liten spik i sig. Och läppen fastnade i spiken. Jag hemåt med skidstaven tryckt mot läppen och så tappade jag den och blodet rann.

På den tiden bröt man av skidor allt som oftast. Själv bröt jag bara av en skida. Fastnade under en enrisbuske i backen bakom Isaksons.

Men hur ledsen man var över att ha förstört sina saker. Det kändes alltid som en riktig katastrof.

Och kläderna. Inga overaller på den tiden.

Byxor av präktigt ylletyg och snön fastnade som små hårda bollar som var omöjliga att få bort hur man än försökte sopa med kvasten. Så fick byxorna hänga ovanför spisen och först smälta, sedan torka. Vi brukade skylla på Mamma och säga att hon egentligen gav oss stryk då hon med kvasten försökte få bort snön från våra kläder.

Jag känner mig hemma redan då jag går där. Vintertid är vägen kanske snöig och frusen. Och man kan lätt gå där utan att möta någon överhuvudtaget.

Men vilken välsignelse vägbelysningen är. Tänk om man hade haft det så lyxigt då man var liten. Vintrarna var ett enda långt mörker. Så de glada lekarna tog slut ganska tidigt på eftermiddagen.

Men nu traskar man längs en upplyst väg utan att möta någon alls.

Annat var det då, när jag var liten. Då var det ju butik hos Isaksons och folk kom och gick. Då gick man alltid över Lisslars backen.

Lisslars lillstuga låg där i backen, mitt emot Backa. Där bodde Lydia Gustrén. Hennes son Gösta, som var sjöman och ganska levnadsglad, är död sedan länge. Han var kamrat till min pappa då de var små, även om han var flera år äldre. Gösta var ungkarl ganska länge och jag minns honom som snäll och rolig. Och ganska så högljudd tills han småningom gifte sig.

Lydia hade också två vackra blonda döttrar, som vistas mycket på Högsåra liksom deras barn och barnbarn som nu har tagit över.

Rurik och Börje, mina morbröder, var till sjöss då jag var liten, Börje var förresten sjöman och småningom kapten i hela sitt yrkesverksamma liv, men Rurik blev lots i Hangö.

De skickade ofta paket hem till Eine Mommo och oftast fanns där någonting till oss också. I mitt sovrum har jag fortfarande en matta Rurik köpte åt sin mor. Till julen skickade åtminstone Rurik stora julpaket med klappar till oss alla.

Rekordet slogs en jul då Mommo, jag och Bengt gick till posten för att hämta ett paket och det visade sig vara nästan lika stort som Mommo. Hon hade varit in på posten redan tidigare för att hämta det, men det var alltför stort för att transporteras utan fordon. Alltså hade vi vattukälke med oss då vi gick.

Men, ve och fasa, paketet grymtade! Det var inte sådär fasligt tungt, jag tror Linnea kom ut och hjälpte till med att lyfta det, men det var ganska lätt. Men det grymtade. Bengt blev livrädd. Jag blev nog också rädd, men Bengt var ju yngre och han hoppade högt varje gång kälken stötte till någon ojämnhet på vägen. Då hördes igen en klagande grymtning där inifrån.

Då vi slutligen kom hem och fick paketet baxat in i farstun, ville jag absolut att det skulle öppnas så vi kunde se vad det var som väsnades där inne. Men icke, det kunde vara julklappar – det var det också – och det skulle inte öppnas. Följande morgon var paketet försvunnet och syntes aldrig mera till. Men på julafton fick jag en riktigt stor och vacker docka, Singoalla, med långa svarta flätor och en röd sidenklänning och ringar i öronen. Och Bengt fick en mycket stor nallebjörn, som kunde "brumma" då man rörde honom.

Bengt vägrade röra den välsignade nallen och det är kanske därför han fortfarande finns till, nallen alltså. Han har för länge sedan slutat grymta, men är nog en av de nallar man minst har lekt med. Till skillnad från våra "riktiga" nallar. De var så slitna så de var mer eller mindre hårlösa.

Vägen var också min skolväg. Naturligtvis.

Vintertid kunde man ofta sparka till skolan. Alla hade sparkkälkar av något slag. Min var förresten väldigt fin.

Men om det var lös snö gick det inte så bra med spark.

En gång minns jag att det hade varit tal om att man hade sett vargspår, här eller där. Skräcken för vargar är ju inte något nytt påfund utan den levde nog i ännu högre grad på den tiden. Man var ju också då mycket mera utelämnad. Fanns inga mobiltelefoner att ringa efter hjälp med.

Nå jag travade iväg mot skolan och det var mörkt och kallt. Då hör jag plötsligt tassande steg bakom mig och då jag rycker till och vänder mig om, ja, där står ju vargen! Jag hade nog öppnat munnen, kanske för att skrika eller dra ett sista andetag eller vad det nu var frågan om. Då vargen nosar på mig och viftar på sin yviga svans.

Det var Roy, Gamlas schäfer. Som jag egentligen inte heller var helt bekväm med, de hade tagit hunden som vuxen och det är ju alltid en annan sak än en hund man har känt ända sen den var valp.

Men helt klart var Roy ett bättre alternativ än vargen.

Som sällskap på skolvägen.

Nu stannade han inte kvar för att hålla mig sällskap precis, utan travade hemåt med god fart.

Våra föräldrar var ju unga, och de gillade väl det unga mänskor i allmänhet gillar: först och främst varandra, musik, dans, vara med kompisar emellanåt och en massa olika hobbyverksamheter folk hade tid med då de inte behövde sitta vid datorn eller titta på film sådär väldigt ofta. Mamma hade i stort sett alltid radion på, Radio Nord var en stor favorit och på så sätt fick man ett grepp om den då moderna musiken. Så hade de en skivspelare och Rurik och Börje skickade hem skivor som var "i skriket" då. Elvis satt jag och lyssnade på i mitten av 50-talet.

Då man var sjuk fick man ligga i kökssoffan som bäddades upp just för det och där läste man tidningar och lyssnade på radion dagarna i ända. Jag trivdes nog ganska bra med det och tog varje tillfälle i akt att vara lite sjuk.

Så minns jag att både Mamma och Pappa rökte ibland då jag var liten. Särskilt minns jag en Valborgsmässoafton då de åt lax och drack vin och rökte då jag råkade vakna och kom in trampande. Åh vad roligt det skall bli att vara vuxen, tyckte jag. Och det blev det verkligen rätt ofta. Men det är en annan historia.

Våra föräldrar var aktiva i olika föreningar i byn. Mamma var med både i Martha – föreningen och

Sjömansmissionen. Det var en viss klasskillnad mellan de föreningarna. Det var "finare" att vara Martha.

Farmor var Martha medan Mommo var med i Sjömansmissionen. Till Ungdomsföreningen hörde alla. Ungdomsföreningen ordande danser och fester och själva mötena tenderade att vara trevliga. Förstod jag. Nu hade de inte så ofta möjlighet att gå båda, Mommo kunde ibland tänka sig att vara barnvakt, men det var inte ofta. Till Marthamötena gick Mamma då Pappa var hemma med Bengt och mig. Då kunde det gå ganska livligt till med "Krångelboll", som numera ofta kallas "Gubben i mitten" och den typen av lekar. Som ofta fick Mamma att stöna då hon kom hem och köket var mer eller mindre vänt upp och ned.

Min Mamma var född på sommaren, 21 juli, och det är ungefär de dagarna sommaren vänder mot höst. Visserligen blir ju dagarna kortare redan efter midsommar, men dendär höga, djupblå himlen som förebådar höst, den kommer runt den sjunde fullmånen.

Mamma älskade vintern, trots att hon var ett sommarbarn.

Hon njöt av det kalla vädret och skönheten i snö och is. Hon tyckte mycket om att åka skidor och senare snöscooter, pilka eller lägga nät under isen. Det var ju mina båda föräldrars fritidssysselsättning, men jag har förstått att Mamma nästan var den ivrigare av dem.

En anledning till att hon var så förtjust i vintern kan ha varit att vintern skötte sig själv.

Rimfrosten pudrade kvistar och grenar helt utan hjälp. Snökristaller och istappar, de bländande isvidderna, allt skötte sig själv i en evig förändring.

Naturligtvis skulle det skottas vägar och trappan skulle sopas. Man skulle bära in ved och elda, elda, elda. Men vintertid var ju Pappa hemma väldigt mycket mer än på sommaren.

Från tidig vår däremot började arbeten i trädgården och alla landen. Det skulle sås och planteras, gallras, rensas ogräs och vattnas. Och vattnet skulle bäras. I det oändliga.

Och man fick verkligen lära sig att hushålla med vattnet.

Mot kvällen gick Mamma alltid omkring och pysslade med sina växter. Varken Mamma eller växterna trivdes så bra i den heta middagssolen, men då det blev svalare blommade allt upp.

Men det tog på krafterna och Mamma kunde aldrig lämna saker ogjorda. Det var en svår prövning för henne då hon i slutet av sitt liv var tvungen att minska ner på köksland och blomland. För att inte tala om krukväxterna. Det var inte heller helt enkelt att hjälpa till. Jag var nämligen aldrig lika ordentlig som hon och dessutom tyckte hon på senare år att jag hade mycket nog med mitt eget.

Det sägs att en del människor har gröna fingrar. Mamma var definitivt en sådan. Jag beklagade mig över att vissa blommor alltid dog för mig, att jag glömde att vattna dem och så. "Ja, dom ropar ju inte på hjälp så högt", sade hon då.

Nu, efter så många år har jag märkt det. Att blommorna ropar på hjälp, men inte högt. Och jag har blivit litet bättre på att lyssna.

Men apropå fiske, som jag tidigare skrev att var ett stort intresse för mina föräldrar, måste jag få berätta en historia.

Det var några år innan jag slutgiltigt blev vegetarian och jag var ute med Pappa Anders för att vittja näten han hade under isen. Jag vet inte varför Mamma inte var med, kanske hon var sjuk.

I alla fall fick han en väldig gädda. Verkligen. Jag minna att han vägde den, men jag är inte alls säker på vad den vägde, något omkring 20 kg var det nog. Stor var den, det största i gäddväg jag någonsin har sett. Och den skrek. Ett svagt men tydligt skrik. Och då jag böjde mig ner för att titta på den, såg jag en massa spånakärringar som sprang och bar sina barn tillbaka till vattnet. En spånakärring är ett litet mellanting mellan en räka och en spindel och de hade bott på gäddans rygg. Nu var gäddan uppe i den isiga luften och här skulle det komma att gå illa. Så de små kräken sprang och släpade sina ungar ner mot vattnet igen. Åh, vad jag kände med de stackars små djuren!

Undrar om det var då jag allvarligt bestämde mig för att bli vegetarian?

Rurik och hans fru Irma fick fyra barn; Saija, Markus, Magnus och Mirja. De har nu alla barn och också barnbarn, ett par av dem.

Börje hade Mikael och Ulla i sitt första äktenskap men med Sirkka-Liisa hade han inga egna barn.

Men nu är både Saga och hennes bröder liksom så många andra borta och saknade av oss alla som är kvar. Deras generation var på något sätt de som kunde allt, visste hur man skulle göra och gjorde det.

Men ännu lyser det i en del fönster....

Dikten om **Sunnanland** skrev jag till DUV:s
femtioårsjubileum. Tror jag det var.

Gå så stilla skrev jag då jag arbetade på Vidarkliniken
och kom att träffa Döden i olika former. Många.

Sunnanland

Där mörkdyster skogsrand

så tyst viker undan

och björkarna pryder

den vilande stranden

Där vågorna sjunger om

tider som varit

och är och skall komma

I kvällssolens ljus

kommer minnena nära

medan skuggor växer

och smyger sig fram

Berättar om drömmar

Som viskats i mörker

Bland myggor och stenar

Och mörkfuktig sand

Så många är borta

och en del är glömda

men vinden han ser

deras tårar och skratt

i en böljande dans

som stiger likt dis

över blommor och gräs

i den grönljusa natt

Men ibland brys väl vilan

Av sång och musik

Och vinden som prasslar

I björkarnas kronor,

Han ser att de spinner

På just samma tråd.

Och visst är det så

Att det skratt klingar gladast

Som smakat på ensamhet,

tårar o köld

Gå så stilla

Här väntar den Goda Döden
som ger oss ett långt farväl
Medan Den Onda Bråda
helt enkelt slår dig ihjäl.

Chocken, vreden och sorgen
slår sönder det liv som var
För dem som känt dig och älskat
men nu bittert har lämnats kvar.

Själv står du väl rätt förvånad

Och bestört vid den kropp du bar.

Du vill så gärna hjälpa

Och trösta alla och en och var.

Men de kan inte mera se dig

Bara minnas dig som du var.

Du får vänta tills sömnen bär dem

till dig, om de funnit ro.

Då kan ni skratta och skämta tills

det blir morgon igen och

den lämnar kanske en aning men

alls inga drömmar kvar.

Men den Goda och Långa Döden

Låter er mödosamt ta farväl.

Du får redan trösta dina kära,

beredd på det ni alla vet.

Men drömmar är bara drömmar,

Du står inför din verklighet.

Och om vägen mot den goda döden

är egendomligt, värkande lång

Då kan livet tröttna att vänta

På att få sina gåvor igen.

Då får du lämna en sak i sänder

Av allt det du fick till låns

Tills du ligger där utan annat

än själva livet avskalat kvar.

Kanske fylls du då av de minnen

Du bar med dig den dag du kom

och med minnena blandas också

det du lärde dig denna gång.

Då blir det kanske lättare att skiljas

från den kropp du ej känner mer

och de nära och kanske kära

Har du redan lärt dig att känna

Som gamla minnen som hör

Ihop med en annan värld.